Il divano

263

Brunilde Neroni

A casa

Sellerio editore
Palermo

Neroni, Brunilde <1951->

A casa / Brunilde Neroni. - Palermo : Sellerio, 2008.
(Il divano ; 263)
EAN 978-88-389-2323-4
853.914 CDD-21 SBN Pal0214199

CIP - *Biblioteca centrale della Regione siciliana «Alberto Bombace»*

A casa

Dedico questo libro ai miei cari che dormono nel cimitero di Ripatransone e a chi m'ha restituito la gioia di scrivere, illuminando i miei giorni con la sua presenza.
Grazie a Renza e a Carlo, primi lettori. Grazie a tutti gli amici per la pazienza dimostratami in questi anni difficili.
Per la consulenza sapiente sul dialetto ripano tutta la mia riconoscenza al Maestro Alfredo Rossi.
Un pensiero particolare ad Ubaldo Maroni che in Provincia si batte perché il nostro paesaggio sia tutelato e che da tempo mi segnala e mi descrive per telefono i tramonti e le stellate «fuori porta» più belli.
Per la preziosa copertina del grande Arnoldo Ciarrocchi sono grata a sua moglie Rinalda che m'ha permesso di utilizzare un disegno a me particolarmente caro.

Vita con l'Ombra

… Come sarebbero beati i miei occhi
per te, alla luce viva del giorno,
se nella morta notte l'Ombra fioca
su occhi pesanti posa il suo contorno.
Il giorno è notte finché non m'appari
e le notti in sogno son giorni chiari.

SHAKESPEARE, *Sonetto 43*

Mio padre morì giovane, era un serio musicista dal carattere allegro che aveva avuto molto successo nel mondo della lirica per il dono d'una voce eccezionale, stando almeno a quanto raccontavano le persone che lo avevano conosciuto e ascoltato nei più importanti teatri del mondo. Nella mia prima infanzia e anche nei miei ricordi più lontani qualsiasi gioia e ogni avvenimento accaduto è sempre adombrato da quella morte e da quell'assenza di un uomo che non solo non conoscevo, ma di cui si continuava sempre a parlare, intorno a me. Possibilmente a voce proprio bassa.

Tutto quello che gli era appartenuto era in ordine nella nostra grande casa: i suoi abiti negli armadi, le camicie di seta cruda e di tela oxford stirate nei cassetti, la sua collezione di quadri antichi e moderni, gli spartiti del-

le opere in preziosi volumi rilegati, le pipe rare nella rastrelliera...
Ogni sua cosa era sempre lì pronta per l'uso e nessuno ha mai avuto il coraggio, né in quegli anni immediati che seguirono alla sua morte né in seguito, di far sparire, di regalare o anche solo di nascondere i suoi particolari oggetti, forse perché li aveva scelti così accuratamente e posseduti per così poco tempo, tra un'opera e l'altra, tra una prova e l'altra, quando tornava a riposare al suo paese, tra la sua gente.
Le stanze erano piene di fotografie dei teatri dove aveva cantato e di quell'uomo alto e sorridente nei vari costumi di scena, così giovane, così diverso in ogni immagine, così vivo eppure così lontano nel mondo della bella, perenne musica, a cui s'era votato già dall'adolescenza. Ho cominciato molto presto a subire questo gioco della sua presenza-assenza, a chiedermi se sarebbe mai arrivato, al non credere alle risposte negative e commosse che mi davano, al cercare di vederlo, e qualche volta ero certa che ci fosse davvero, nei grandi

assembramenti di persone, in chiesa o in piazza, quando c'erano i comizi o le processioni. Spesso mi voltavo di scatto, mentre salivo le scale, sperando mi seguisse la sua grande figura e una volta chiamai col nome di papà un nostro vicino, per pronunciare a voce alta, insieme alle sue bambine, quel nome che a casa mia non aveva senso e non potevo dire mai. L'attesa di questa persona che non arrivava mi dava due sensazioni unite: la tensione d'aspettare chi sapevo non sarebbe poi venuto, insieme alla paura felice, provocata dall'idea che forse questo mio sconosciuto padre avrebbe potuto rompere le regole della vita e della morte, per venire a conoscermi. Mi cullavo in questo improbabile sogno, che però non volevo mai smettere.
Immaginavo così cosa avrei detto, come mi sarei nascosta dietro le lunghe tende dell'ingresso, come l'avrei abbracciato quando m'avesse sollevata in alto, per farmi volare.
L'unico mio problema era costituito dal fatto che vedendolo in fotografia sempre con qualche cappello in testa, nelle mie fantasti-

cherie mi chiedevo se prima di baciarlo avrei dovuto lasciarglielo o toglierglielo. Questi pensieri duravano molto ogni sera, prima del sonno che faticava assai ad arrivare. Per me papà era già l'Ombra. Guardavo attenta, quando qualche padre veniva a prendere le mie compagne di scuola, i comportamenti affettuosi che avevano verso le loro figlie, speravo anche che avrei trovato anch'io un giorno mio padre all'ingresso... Ma sarebbe mai arrivato? Ogni giorno mi preparavo ad un incontro con lui, in fondo sempre sospettando che fosse giù, oltre il cancello del giardino. Mentre ero intenta ai giochi dell'asilo, spiavo ogni tanto dai vetri, per scorgere tra gli alberi papà, pensando pure che per qualche impegno di concerti se ne fosse andato via, non avendo certo il tempo d'aspettare, come gli altri genitori, la fine delle lezioni. Lo sentivo anche diverso dagli altri per questo, uno che doveva aver amato tanto il suo lavoro, come mi diceva sospirando una vecchia zia: «Ora è nel paese della musica felice, amava cantare e cantare, sarà contento col

Signore e coi suoi angeli! Non pensare più a tuo padre, stella mia, gioca col tuo bel gatto Balino».
Per quanto non volessi pensarci e per quanto morbido fosse e tutto a strisce fulve e bianche quel bel gatto, mi chiedevo però dove fosse questo paese della musica felice e perché papà avesse deciso all'improvviso d'andarci senza di noi e senza tornare indietro mai, neanche per una piccola visita. In Paradiso forse non s'usava, pensavo. Mia madre ed io vivevamo in una grandissima casa che mio padre aveva ricomperato poco tempo prima di morire. Era stata la casa dei suoi genitori e dei suoi nonni, che per affari sbagliati era finita perfino venduta a dei parenti; per riaverla papà era andato a cantare nei teatri di mezzo mondo... Voleva anche riportarla alla bellezza iniziale e restaurarla... ma non c'era riuscito. Aveva appena fatto in tempo ad intestarla a mia madre, nell'estate in cui ero nata io.
Avevamo poi anche dei terreni che spesso ci davano guai; ci lavoravano bravi mezzadri che vivevano con le loro famiglie in quelle colli-

ne splendide di vigne e seminati. Non ci mancava mai nulla ma, pagate le spese di conduzione, il guadagno era appena giusto per vivere decorosamente.
Mi resi ben presto conto che se mio padre non fosse sparito le cose sarebbero andate molto diversamente. Si parlava ancora, a distanza d'anni, di come viaggiasse in tutto il mondo, di quello che avrebbe voluto comperare negli anni che pensava di poter vivere e che invece non aveva fatto in tempo neppure a vedere, della sua generosità, delle cene preparate agli amici, dei suoi bellissimi rapporti umani. Il necessario ed anche un po' di superfluo certo non mancavano, ma il pensiero che forse avrebbe potuto tornare per portarci via con sé e darci un tipo di vita diverso era battente. Questo lo rimuginavo soprattutto quando guardavo mia madre combattere ogni giorno con i problemi della casa e della campagna, nonostante non si lamentasse mai. Era una donna di poche parole e spesso sorridente, non si perdeva mai di coraggio e pensava solo ad andare avanti con dignità. La vita con l'Om-

bra di mio padre è durata molti anni, anche quando, andando a scuola, scoprii che era morto. Una suora me lo fece notare, addirittura sillabandolo su un mio documento di prima elementare. «Quando prima d'un nome c'è scritto fu vuol dire che quella persona è mancata, è morta». E ancora: «Ti dirò pure quando, esattamente il 23 ottobre...». Corsi via. Non volevo ascoltare.
Appresi così che non sarebbe tornato, che non era più vivo, che la voce che sentivo cantare era solo incisa. Lo seppi portando a scuola e di nascosto uno di quei grandi settantotto giri. La suora disse così: «La voce era stata registrata, prima che tu nascessi, guarda c'è la data: Torino, Eiar, 1948».
Questa notizia, appresa in maniera brusca, provocò in me una violenta febbre e un silenzio così prolungato da impensierire uno zio medico, che con delicatezza me ne chiese ragione, mentre mi visitava la gola.
Dopo molte carezze e lacrime gli rivelai che mio padre era morto e come l'avessi saputo. Non sembrò sorpreso e mi consolò a lungo,

consigliandomi di non pensarci più, di provare a sorridere perché ero più carina quando non piangevo, di continuare nell'impegno della scuola appena iniziata con serietà. Mi promise d'esser sempre presente nella mia vita e nel mio futuro. Avevo solo sei anni e una bellissima vita davanti, secondo lui. Ripresi così la scuola con la convinzione che papà fosse vivo e presente altrove, che non si potesse vedere se non in fotografia. Questo mi rese rabbuiata e scontrosa con chi non conoscevo, curiosa solo dei luoghi e delle cose che ero io a cercare.

Fortunatamente avevo imparato l'anno prima a leggere da sola, per caso, da una scatola di scarpe. Cominciando ad unire suoni e lettere delle parole: «CALZATURE BAULI» iniziai, giocando, il più bello dei perditempo della vita, quello che non ho mai abbandonato.

Le riviste illustrate, i libri delle mie cugine, i quotidiani, i bollettini d'agricoltura, non ebbero più segreti per me, che passavo pomeriggi interi a disegnare lettere in stampatello di tutte le misure e a chiamare i suoni, diver-

tendomi pure. Già in seconda, intorno ai sei anni, andavo a lezione di pianoforte, che all'inizio mi piaceva moltissimo, forse perché era un modo di sentirmi unita e quindi di comunicare con papà.
«Diventerai brava e celebre come tuo padre».
«Cerca di somigliare a tuo padre».
«Sarebbe contento papà di vederti suonare».
«Alla tua età, tuo padre suonava a orecchio, senza spartiti, provaci...».
Frasi di questo genere mi venivano ripetute diverse volte, così il desiderio di somigliare a mio padre era talmente forte che accettavo di passare lunghissime ore a fare esercizi su esercizi, scale su scale, mentre pensavo che su quel vecchio strumento tanti anni prima c'era al mio posto un ragazzino che aveva avuto un viso molto simile al mio, ma che era capace di eseguire «a orecchio» qualsiasi melodia sentisse: dalle opere alle canzonette.
Purtroppo cominciai ben presto ad odiare quel pianoforte, anche se continuai a suonarlo ancora per moltissimi anni... forse per la cattiva didattica che avevano avuto la mia

insegnante e mia madre o forse perché il contatto che cercavo con l'Ombra non era così forte come desideravo o era minimo o addirittura svaniva tra le bacchettate ad ogni errore o tra i rimproveri di chi pretendeva ore di studio, d'immobilità e di bravura che di sicuro non potevo dare, data la vivacità che avevo ricevuto come dono di natura.

Il contatto più facile con papà diventò allora stare sul divano dell'ingresso, nei lunghissimi pomeriggi d'estate, fingendo d'aspettarlo perché «forse» sarebbe arrivato da un momento all'altro.

Mentre tutti dormivano tranquilli, a fatica leggevo, in attesa. Qualche bava di vento gonfiava a volte le grandi tende ricamate, agitandole. Vedevo quel movimento come un presagio, un «Preparati, a fra poco».

Arrivavo perfino ad aprire la porta sullo scalone perché non dovesse fare la fatica di bussare, arrivando a casa sua, l'Ombra di mio padre.

Cercavo poi, tra i suoi ricordi, sempre quello che volevo vedere, cioè la sua immagine:

da bambino, nel giardino del mare, col suo cane Medoro, abbracciato alla nonna col colletto di pizzo. Sempre il più alto e il più sorridente del gruppo, da studente e da soldato e poi nei palcoscenici del mondo, strano nei suoi abiti d'opera, artista e attore che non aveva avuto tra gli spettatori la sua unica figlia. Queste numerose fotografie erano l'unica prova che fosse veramente esistito, mi tranquillizzava molto vederle e mi facevano compagnia anche durante le mie tante tonsilliti di quegli anni.
Contemporaneamente a tutto questo vivevo giornate di studio, mi piaceva molto andare a scuola e fare in campagna lunghe passeggiate che mi distraevano, forse per l'incanto che lo spettacolo delle colline, sempre diverso nel passare delle stagioni, mi provocava.
I campi pieni di neve, i declivi di ginestre, la vendemmia, il grano in erba con i papaveri, il disegno degli alberi in movimento, le rondini, la mano tenera che mi stringeva della cugina preferita con cui andavo a passeggio, la gatta Greta che dormiva accovacciata sopra

la radio... Tutto questo mi piaceva e m'aiutava a trascorrere giorni, come i giochi che alcune volte facevo con i bambini della mia strada: l'altalena e l'aquilone, momenti di movimento, volo e libertà assoluta.
Amavo la gente che veniva a casa mia, le domeniche trascorse coi parenti, passare dalle braccia di uno alle ginocchia dell'altro, ascoltare le interminabili discussioni d'arte di mio zio con gli amici pittori, le vacanze al mare a casa d'altri zii, essere il capobanda dei giochi del giardino, scoprire la lontananza tra me e le cose, tra me e il possesso delle cose, tra me e l'improvvisa tristezza.
L'Ombra di mio padre piano piano divenne immagine simbolica e irripetibile anche in questo mondo tranquillo, in questo mio tentativo di fuga verso la serenità, quasi un'ossessione che mi camminasse ovunque dietro, che potesse prendermi pensieri e gioia in qualsiasi momento, a tradimento.
Anche se non lo nominavo mai papà era sempre con me: qualsiasi uomo io incontrassi subiva immediatamente un confronto con la

sua figura e naturalmente ai miei occhi non reggeva mai il confronto, anche se ad alcune di queste persone sono stata profondamente affezionata per molti anni.

L'idea della perfezione dell'Ombra era nata a poco a poco e l'avevo costruita sulla base dei racconti delle persone che l'avevano conosciuta e che io timidamente ogni tanto interrogavo. Quante volte però a quest'idea così perfetta che mi trascinavo dietro come un pesante fardello, avrei preferito magari gli schiaffi o i baci di un padre concreto e vero, che tornasse dopo il lavoro a casa, come tutti gli altri, che leggesse il giornale o accendesse il camino. Intanto da scontrosa e ribelle, forse per l'apertura che mi venne dalla scuola e per i primi successi che ne ricevevo, ero diventata più gentile e accomodante. Aiutavo i compagni, ero attenta alle spiegazioni e, in ogni occasione, cercavo d'essere preparata alle risposte.

Esprimevo i miei dissensi o le mie proteste solo con grandi pianti durante i quali, andando a soffocare la testa contro gli accappatoi

del bagno o contro qualche cuscino, chiamavo l'Ombra a consolarmi dalle incomprensioni. Il sogno d'una felicità possibile solo attraverso la presenza di mio padre iniziò in quegli anni. La felicità c'era, era possibile, ma purtroppo per me impossibile, data l'inutilità di ogni gesto da parte mia di poterlo far tornare in vita o prendere contatto con lui in qualsiasi modo. Perciò mi sentivo impotente. Ricordo come battevo con una lunga canna le travi del soffitto della cucina vecchia, dove venivano appese salsicce da affumicare e grandi grappoli d'uva ad appassire per il Vin Santo. Bussavo e bussavo chiamandolo ed ero sicura che in qualche modo mi sentisse... La felicità era dunque legata alla sua persona e ai suoi gesti che non avevo mai direttamente visto e alla musica, che aveva fatto così parte della sua vita.
La felicità avrebbe potuto essere innumerevoli altre cose: i giochi nel campo con le amiche di scuola, la raccolta delle more, possedere un libro dalle splendide figure, arrivato dall'Egitto, da amici di Alessandria, che aveva attraversato il mare solo per me. La felicità avreb-

be potuto essere l'albero di Natale con tutte le candeline accese, un povero pino del nostro bosco, adornato con le palline dorate comprate ad Ascoli da mamma e Carla.
La felicità poteva passare attraverso piccole cose, come quando avevo scoperto che veramente il girasole girava secondo la luce, l'avevo pure assaporata nelle battaglie con le palle di neve e quando con lo slittino scendevo verso S. Angelo, incurante delle urla di chi mi vedeva così scatenata... Non l'avevo forse sentita finché la zia mi aveva comperato alla fiera i sandali rossi che tanto mi piacevano, sandali di marca Giglio?
Tutto questo e molte altre cose ancora avrebbero potuto essere la felicità, ma mi davano invece solo un appagamento momentaneo. Di fondo c'era sempre il desiderio che avrebbe dovuto l'Ombra venire a dare un senso alla mia quotidianità e che, orfana della sua presenza, privata a priori dalla vera gioia, tutti gli avvenimenti, anche futuri, non avrebbero avuto nessun calore, nessun valore, spinta alcuna.

Avevo molte persone che mi volevano, a loro modo, bene e che se avessero saputo di questa mia ferita di certo avrebbero tentato di colmare il vuoto che mi ingoiava e che in un bambino è straziante. Ero troppo brava a fingermi contenta sempre di tutto, a non raccontare a nessuno il mio dolore, a nascondermi per voler dimenticare la mia piccola vita segreta, che si snodava, ora separata, ora parallela, ora unita alla realtà di tutti i giorni.
Ho saputo moltissimi anni più tardi che questa seconda vita, questo rivolgersi a qualcuno che non c'era mai, quei pianti notturni, a singhiozzo, sul cuscino, questo vivere fuori dalla portata degli altri, come e quando potevo, aveva un nome: alienazione. A quel tempo però non sapevo ancora come chiamare la voglia di piangere. Il mito della felicità irraggiungibile, ricorreva spesso, quando sentivo dire ai grandi: «Sono felice» o: «Spero d'esser felice», oppure la banale domanda: «Sei felice?».
Mi chiedevo, a volte, se io avrei mai potuto esserlo, se avrebbe mai potuto esistere

ancora quel momento di gioia iniziale che immaginavo potesse ripetersi: m'avevano detto infatti che mio padre, già molto ammalato quando nacqui, volle la mia culla nella sua stanza, per accudirmi per quanto potesse. Mi cantava le ninne nanne, mi faceva mille vezzi...

«E tu avevi un'espressione così speciale, sai... eravate così belli, così felici tutti e due di stare insieme! Lui canticchiava il Faust e tu lo guardavi con gli occhi aperti...» ricordava mia madre anni dopo, sospirando. Queste parole me le ricordavo sempre e spesso, forse proprio per consolarmi di non poter avere memoria di quei mesi, i primi della mia vita e gli ultimi della sua... di non aver conosciuto neppure l'importanza dei pochi giorni vissuti insieme a papà, di non averne ricordo alcuno.

La felicità dunque c'era stata ed era andata persa. L'unica constatazione da fare era questa, il resto erano palliativi e surrogati, che in mancanza di meglio servivano a farmi in qualche modo crescere.

Nei pochi desideri che avevo c'era, per esempio, quello che mia madre si risposasse, proprio per avere una famiglia tradizionale e normale, che all'apparenza potesse colmare il vuoto che sentivo. I miei parenti maschi mi servivano in un certo senso a questo scopo e con me erano affettuosi, ma quello che cercavo io era qualcosa d'irreale, d'intravisto e irraggiungibile.
Intorno ai nove anni avevo già profondissimo il senso d'ingiustizia per quello che mi era stato tolto. Me la prendevo con Dio, col destino assurdo, a volte perfino con i miei famigliari. Pensavo sempre che papà avrebbe potuto essere ancora vivo se, forse, fosse stato curato meglio, anche se sapevo che era stato fatto il possibile e anche l'impossibile per tentare di seguirlo al massimo e perfino di farlo vivere qualche mese in più, per portarlo in America in condizioni migliori e magari salvarlo.
Ad esempio odiai con tutte le mie forze un amico cardiologo che rivelò a tavola come, a dieci anni dalla morte di papà, non ci fosse scampo per una malattia come la sua, anco-

ra. Mi alzai da tavola con un astio, una rabbia tali che due ore di camminata in campagna non riuscirono a placare... Tutte queste costanti imprecazioni, questi miei terribili tormenti erano naturalmente eventi nascosti: fingevo bontà verso tutti e anche una fede rara per la mia età. A modo mio ero anche una bambina fiduciosa e buona, che dava poco fastidio a tutti, sempre intenta a leggere e a disegnare, a eseguire i compiti e a studiare il pianoforte. Interiormente invece ero una ribelle, tutti per me avevano la colpa d'essere vivi e d'aver preso il posto dell'Ombra. Fingevo perfino a me stessa d'esser devota andando in chiesa e ripetendo anche a casa tutte le preghiere che conoscevo, perché avevo sentito dire dal mio parroco che Dio ci è padre e sa quello di cui abbiamo bisogno. Così pregavo con tanta fede, anche se m'annoiavo a recitare molte orazioni ripetitive, sperando che il Signore, a conoscenza di sicuro del mio grande desiderio, Lui che dicevano potesse tutto, anche spostare le montagne, mi restituisse il padre.

Quando sentivo pronunciare frasi come: «Luciano dorme col Signore», «Il tuo papà ora canta solo per il Signore», «Dio solo sa perché ti ha portato via tuo padre», mi chiedevo dove e come fosse questa casa dove dormiva e cantava, se era felice davvero, se non avesse voglia di tornare da noi almeno a Natale, se avesse abbastanza caldo dov'era. C'erano abbastanza coperte in Paradiso?
Era molto forte in me quest'ultima domanda, soffrivo il freddo e a casa mia d'inverno gli specchi s'appannavano, le tubature a volte saltavano per le improvvise gelate, l'olio diventava cavolfiore nelle grandi bottiglie da tre litri, tutte in fila in dispensa... Da noi c'era freddo e dove si trovava lui com'era la temperatura?
Di dove abitasse davvero mio padre ne avevo avuto coscienza quando eravamo andati al cimitero per la tumulazione di Pietro Paolo, il fratello di mio nonno, che chiamavamo tutti zio Pierino.
All'apertura della grande pietra, che chiudeva l'imboccatura della tomba, si vide sul fon-

do una grande stanza, dov'erano molte bare allineate, di varia grandezza e dove misero anche lo zio.
Mentre teneva forte la mia mano, per non farmi sporgere troppo, mia madre diede all'uomo che scendeva per primo con la scala uno straccio per spolverare o pulire le bare più vicine all'imboccatura. Dall'alto vidi benissimo che per prima fu pulita la più lunga di quelle casse e che era di un marrone scuro, dal coperchio di legno pesante, scannellato e inciso. «Tuo padre è lì» sussurrò un cugino.
La casa del mio papà, di quello che restava del suo corpo, dunque l'avevo vista; sapevo dalla religione che però non era lì che stava e che fosse altrove lo sentivo, conoscevo la sua presenza altrove, ma quella tomba mi faceva pena lo stesso perché c'era pur sempre qualcosa del suo corpo rimasto in quel luogo.
Cominciarono così, con la scusa che avevo una bicicletta, le mie passeggiate al cimitero. Andavo sola, in orari in cui sapevo non esserci nessuno. Rimanevo pochissimo tempo, dopo aver salutato mio padre guardando la

solita fotografia sorridente. In tutte le immagini che avevo visto era evidente il suo sorriso aperto e pieno, come di chi conosce e vive pienamente la gioia, la felicità. In più c'era sempre la giovinezza, papà era perennemente giovane, perché la morte l'aveva fermato a quarant'anni, mentre i padri delle mie amiche naturalmente invecchiavano, imbruttivano e sorridevano pochissimo.
Ci penso ancora, anche adesso quando vado al cimitero e sono più vecchia di mio padre... A lui non è stato dato d'invecchiare, d'essere infelice, di decomporsi da vivo, come tanti altri che camminano per la strada e hanno la sua età, è rimasto per sempre un felice sorriso, una splendida voce nei dischi e nel ricordo di tutti.
In seguito alla perdita di mio padre avevamo avuto alcuni problemi economici. Soprattutto gli inverni erano duri, c'era molto freddo e la legna dei nostri terreni, invece che venderla, dovevamo bruciarla.
Provavo sempre una forte ansia, quasi terrore, quando dovevo rimanere a casa da sola,

con la consegna di non far spegnere la stufa. Avevo timore del fumo, che se avessi messo troppi ciocchi, avrebbe sovraccaricato la canna, avevo timore di non essere a tempo nel metterne abbastanza, avevo paura di rimanere al freddo. Nessun luogo, da piccola, mi sembrava abbastanza caldo. Di notte, a volte, mia madre veniva a massaggiarmi i piedi, gelidi nelle doppie calzettine di lana e mi diceva: «Piedi freddi, cuore caldo». Probabilmente moltissimi bambini che conoscevo vivevano nelle mie stesse condizioni o anche peggio, ma la differenza tra me e loro era che essi accettavano la loro condizione e quindi affrontavano la situazione com'era realmente. Io invece vivevo quello che capitava come una profonda ingiustizia, che in un modo o in un altro, secondo i miei fantastici piani, avrebbe dovuto aver termine, prima o poi.
In questo vivere irreale papà appariva come il liberatore, come chi arrivando con i rimedi, avrebbe messo a posto ogni cosa, dicendoci, con i più bei modi del mondo, che ora che era tornato tutto sarebbe cambiato.

Immaginavo l'acqua venire giù sempre calda dai rubinetti e non solo due volte la settimana, ogni stanza riscaldata come l'enorme cucina, luogo dove si viveva perennemente e l'unico riscaldato nella stagione invernale.
Mio padre rappresentava l'idea dell'abbondanza: tutto quello che c'era era niente al confronto di quello che avrebbe potuto portare o cambiare, se fosse tornato. Rappresentava anche l'idea di partire, del viaggio...
Mi sarebbe piaciuto andar via dietro le sue valigie che dormivano in solaio, grandissime valigie con le coperture di tela grigia per il suo vestiario di scena, andar via con lui da quella casa, dandogli la mano. M'avrebbe detto: «Metti il cappotto blu, quello elegante, andremo a Roma, a Parigi, a Londra, e prima d'andare dammi un bacio, bambina». Sentivo quel bacio gentile, quello della partenza, almeno una volta al giorno, sentivo il calore di quella guancia quasi sempre scendendo le scale, ero sempre distratta da quelle effusioni immaginarie e splendide. Mi risvegliava la voce di mia madre che non avendo risposta a qualche

sua pratica domanda finiva per dirmi: «Svegliati dai sogni, a che pensi? Parlami».
A scuola ero piuttosto brava, un'alunna attenta e piena di buona volontà, che forse giocava poco con i compagni di classe ma che in compenso leggeva moltissimo, anche durante gli intervalli. È proprio di quel tempo la mia abitudine di divorare almeno un libro ogni due, tre giorni, magari di notte, accendendo candele di nascosto, per fuggire in altre realtà, in altri mondi dove mio padre o la sua idea o la nostra reale situazione non ci fossero.
Avevo solo dieci anni ed ero già alle medie per certi salti di classe che avevo sostenuto senza difficoltà, dentro di me però provavo sempre lo stesso dolore della prima infanzia.
Ora quando si parlava dell'Ombra o si sentivano suoi dischi me ne uscivo dalla stanza, chiudendomi in uno dei miei silenzi lunghi che magari rompevo in campagna, parlando con qualche conoscente o se incontravo qualche compagna di scuola. Mi dava pure molto fastidio venire additata o interrogata come «La figlia di...», «La povera bambina che

aveva pochi mesi quando quel grande artista di suo padre morì».

Non amavo neanche le commemorazioni, i concerti, le mostre che suoi amici, sempre molto gentili, organizzavano in suo onore, le storie che inventavano sul suo conto e che nessuno ormai poteva dire se vere o false.

Fu bruciante l'umiliazione quando feci il mio primo saggio di pianoforte. Suonai per ultima, presentata come quella che, data la tradizione, dovesse diventare una pianista. Forse proprio per questo non diventai una pianista, in compenso per cercarmi uno spazio mio cominciai ad essere sempre più studiosa, oltreché una lettrice accanita. Avevo sete probabilmente di veder scritto quello che provavo, sentivo dentro me il bisogno di sapere se quello che mi faceva tanto soffrire era una ferita solo mia o era stata dolore anche per altri. Trovavo i libri più disparati e li leggevo con rabbia, quasi disperazione, rubando il tempo al gioco e alle passeggiate e «alla salute», come commentava mia madre, che sosteneva pure che sarei diventata gobba, alta com'ero, china sulla pagina, ovunque e sempre.

L'Ombra ormai era diventata soltanto un desiderio.

Per poter terminare alcuni lavori in campagna ed acquistare un trattore da sterro, che era la domanda ricorrente di alcuni nostri contadini, mia madre vendette un violino appartenuto a papà, un «Postacchini» autentico e di grandissimo valore.

L'avvocato di Milano che trattò per mesi, per lettera, l'acquisto, venne per la fase finale con l'acquirente, che voleva sentire pure la celebre voce del violino. Parlarono a lungo a porte chiuse con la mamma, mangiarono poi con noi e alla fine se ne andarono via, portando la valigetta nera, contenente lo strumento e lasciando i soldi necessari per comprare il trattore. Restai molto male per quella vendita, purtroppo inevitabile, ma il raccolto dell'uva era andato malissimo a causa della grandine ed erano pure morti dei vitelli. Mia madre, vedendomi tanto triste, mi disse che eravamo fortunati ad avere venduto il Postacchini, che tanto nessuno di noi suonava il violino e che di sicuro ci saremmo con il trattore risollevati un pochino... Faceva la forte con me, ma la notte prima della vendita aveva pianto di nascosto sul tavolo della cucina ed io, che ero andata a bere, l'avevo vista e sentita e, a piedi scalzi, senza farmi vedere, ero tornata indietro, nel mio letto. Sperai fino alla fine che papà non permettesse che il suo violino fosse venduto. Se questo fosse accaduto, anche se solo lo strumento fosse sparito, anche senza vedere l'Ombra, sarei stata felice.

I fatti però si svolsero diversamente e con puntualità così come avevano stabilito mia madre e quel signore: una semplice vendita d'un oggetto privato.

Avevo perso così ogni fiducia nell'Ombra, che non solo non s'era fatta viva quando la situazione lo richiedeva, ma che neppure affettivamente partecipava alle nostre disavventure.

Non c'era più, non la sentivo più vicina e l'unica sensazione che avevo era quella di ingiustizia nei confronti del crollo delle mie idee ricorrenti, provocato dalla sua totale assenza. Era terribile constatarlo.

Ogni anno a Natale, un signore, ammiratore di papà, mandava dalla Sicilia alcune cassette di agrumi, per un debito, ci disse in una lettera, di riconoscenza.

Era stato un agente teatrale un po' sfortunato, che mio padre aveva presentato ad alcune persone importanti, così questo signor Ignazio era diventato uno dei migliori tramiti per voci italiane, da inserire nei circuiti teatrali americani.

Aprire le cassette e mettere la frutta nella paglia era un mio lavoro. Le arance, i mandarini, i limoni e qualche cedro, avevano dei colori così vivi, in contrasto al verde scuro delle foglie aguzze e lunghe, che mi sembrava quasi un rito di bellezza nascosta deporli in magazzino, accanto alle nostre patate e mele.

Ogni giorno avevo uno di questi frutti per merenda. A scuola la mamma non me li faceva portare, per non umiliare gli altri bambini, che invece avevano pane e noci o una piccola mela o addirittura pane soltanto, spesso scuro. A me piaceva avere, nonostante i divieti, le stesse cose degli altri, così spessissimo scambiavo il mio pane burro e marmellata con il panino con le cime di rapa di Anna, la mia compagna di banco. Con lei barattavo i miei fazzoletti ricamati, che tanto le piacevano, con i suoi quadrettati e grossi. Per Anna avevo una passione, non era per niente brava ed era già ripetente in quarta per la seconda volta. Abitava in campagna, molto lontano e aveva solo un paio di scarpe da ginnastica. Anche se avevo tre anni meno di lei, essendo molto alta, avevo il suo stesso numero di piede. Decisi di darle gli scarponcini nuovi, che dovevano durarmi per tutto l'inverno e che mamma m'aveva comperato alla grande fiera di novembre, a Grottammare. Non volli neppure le sue scarpe in cambio, perché altrimenti in famiglia si sarebbero accorti del baratto. Finita la lezione di canto, il pomeriggio, diedi via con grande affetto gli scarponcini all'amica, nel bagno della scuola.

Lei era felice, aveva gli occhi che le brillavano, mentre io con ironia pensavo a come avrei fatto con le calze soltanto ad attraversare i vicoli, per tornare a casa. Dopo solo due giorni, la mamma di Anna venne a ringraziare mia madre a casa, per il dono. Io, che avevo già preso delle sane sculacciate per «aver perso le scarpe e non avere il senso pratico delle cose», fui trattata benissimo e lodata, per essere stata generosa. Addirittura una mia zia mi regalò un paio di scarponcini ancora più belli dei primi, per la stagione invernale, e lo zio Peppino, quando lo venne a sapere, mi paragonò ridendo a S. Martino che aveva dato via il suo mantello, nella foresta di Tours.
Probabilmente ero generosa perché amavo ed ero desiderosa d'essere, a mia volta, amata. Dominavo mia madre, ad esempio, per l'affetto che lei provava per me, con le febbri improvvise che duravano settimane e mi facevano diventare sempre più alta. Reagivo a quanto accadeva intorno a me con la febbre, sia che fossero avvenimenti piacevoli o spia-

cevoli, ma comunque incisivi. Tutta l'infanzia è stata segnata dal susseguirsi di queste febbri, che iniziarono a torturarmi poco prima del Natale della mia prima elementare.
Il mio padrino venne qualche giorno prima dell'inizio delle vacanze, portandomi un meraviglioso e grande orso in regalo e annunciandomi che la Befana era passata prima da casa sua perché aveva paura della neve di Ripa. Avevo cinque anni e andavo a scuola da qualche mese perché quando il dottor Ludovico arrivò con sua figlia avevo l'abbecedario davanti e ripassavo pazientemente le sillabe. Il padrino tolse la gran carta che avvolgeva l'orso e mi diede pure un sacco, proprio un sacchetto di iuta, pieno di dolciumi, che, a sentir lui, costituivano il cibo dell'orso, con il miele, il pane e i biscotti che avrebbe fatto la mamma. Rimasi senza parole davanti a tanta bellezza e ad un giocattolo così grande, come non ne avevo mai visti, che quando il padrino se ne andò balbettai a malapena qualche ringraziamento, sollecitata dai presenti. Rimasta sola non sapevo se ammirare prima

l'orso o il sacco... In quest'indecisione stetti un'ora buona, seduta sul pavimento, tra il giocattolo e la stufa, tra i dolciumi e la mia emozione.
Il delirio che seguì quest'avvenimento durò alcuni giorni. Avevo momenti di lucidità che alternavo a lunghi spazi d'incoscienza. Bisbigliavo parole senza senso, che sembravano inaudite per una bambina, avendo creduto che, tramite il dottor Ludovico, fosse stato mio padre a mandare per Natale l'orso. Per tutta la settimana strinsi così forte quel peluche che alla fine un orecchio si staccò e, temendo che me l'avrebbero portato via se l'avessi lasciato, lo bagnavo di lacrime continue e silenziose, che non mi facevo asciugare.
L'incubo ricorrente, durante questa febbre, era di venire completamente sommersa da file di materassi bianchi e morbidi, che avanzando lentamente dal fondo della stanza venivano a ricoprirmi e a soffocarmi.
Pativo talmente la sensazione del soffocamento che reagivo con una tosse forte e secca, che durava molto tempo, una tosse con-

tinua e stizzosa che mi lasciava stremata ed impaurita. L'asma probabilmente si manifestò in quella occasione e m'ha fatto compagnia ad ogni forte emozione.
Le mie febbri però presentavano alcuni lati positivi.
Di me s'occupavano tutti quand'ero malata: la mamma andava e veniva continuamente dalla stanza, la vecchia balia di papà mi raccontava, nel suo dialetto di campagna, le favole della terra e, ogni tanto, mi lavava con grande tenerezza il viso e le mani con l'acqua di rose, per rinfrescarmi. Mi venivano a trovare le cugine che mi leggevano bellissime storie e, di mattina, a volte mi visitava una vecchissima vicina di casa di nome Teresa, dalla quale volevo sempre farmi raccontare un suo viaggio in Francia, a Lourdes, dov'era andata anni prima. Finite le lezioni, passavano da casa mia le compagne di scuola che mi portavano i compiti e mi raccontavano le novità della classe.
Soprattutto, quand'ero malata, mi sembrava che anche l'Ombra fosse sempre con me. Nel grandissimo letto scolpito, enorme per una

bambina, con davanti un'intera parete impegnata da un armadio tutto a specchi, in quella stanza che era stata sua e dov'era nato, papà viveva ancora con me.

Gli facevo lunghissimi discorsi, proprio come avevo imparato a fare con il mio gatto, lo rimproveravo perché non era venuto prima, gli chiedevo cosa m'avesse portato di nuovo e perché tenesse le mani dietro la schiena... E poi immaginavo finisse come piaceva a me: lui mi prendeva in braccio e io non dicevo più niente, lo abbracciavo così forte che il povero cuscino o l'orso, che facevano le sue veci, bisognava poi sbatterli a lungo per farli tornare come prima.

Parecchie volte mia madre m'ha trovata abbracciata all'aria o, in piedi, sul letto, a stringere chi non c'era.

Non sapeva in queste occasioni cosa dirmi e faceva sempre finta di niente. Si limitava a scuotermi, a farmi il solletico e a scherzare con me, per distrarmi.

Suppongo che anche lei sentisse molto la mancanza di papà.

Quando ascoltava la sua voce alla radio o nei dischi, piangeva sempre, tenendo le mani sugli occhi o guardando verso il muro per non farsi vedere, ma io che la scoprivo sempre l'abbracciavo forte sulla schiena, poggiando la testa sul collo e dicendole, al solito: «Basta, mamma, basta, non piangere più». In queste occasioni mi ripromettevo di proteggerla sempre, di non darle mai dispiaceri, d'aiutarla anche economicamente, quand'avessi potuto lavorare, pur sapendo che era impossibile ridarle il marito. A volte mi ripromettevo perfino di restituirle papà.
Una promessa senza possibilità.
A questo proposito una sera restai sveglia a lungo e feci un bel discorso all'Ombra. Sarei morta io purché fosse tornato indietro dalla mamma, per renderla gioiosa e felice, senza pianti né problemi.
Questa proposta mi piaceva molto, perché intanto al momento della morte già immaginavo di incontrare mio padre, dato che i morti vivevano tutti nello stesso luogo.
Immaginavo come l'avrei trovato e come gli

avrei rivelato il mio desiderio che lui e la mamma dovessero ritornare insieme, dopo tanto tempo che non si vedevano. Abbinavo così la mia felicità alla loro... A me sarebbe bastato solo vedere l'Ombra per qualche minuto e poi l'avrei lasciato ritornare alla vita.

Mi misi così supina, ad aspettare il trapasso, guardando le tende della finestra. La sorpresa di vivere ancora il giorno dopo mi riportò alla realtà amara e solita. Mi sentivo giocata e presa in giro dall'Ombra, che come sempre mi dominava e che, come al solito, faceva ciò che voleva di me.

Per alcuni giorni tentai di non pensarci più neanche, ma soffrivo molto ed ero triste perché anche solo non pensare all'Ombra mi dava dolore. Sentivo pugnali attraversarmi il collo.

Quello che mi sorprende, ripensando a quel tempo, è la terribile lucidità che avevo nel vivere molte vite insieme, a come riuscissi ad organizzarmi per avere dei momenti liberi in cui poter pensare a papà con tranquillità, a

come sempre sapessi evadere con la mente, quando mi sembrava d'avere un contatto qualsiasi con lui. Questo stadio continuò tra alti e bassi per tutto il periodo di frequenza di scuola elementare.
Quando andai alla scuola media avevo solo dieci anni compiuti da poco, ma crescevo a vista d'occhio e mia madre, che aveva le mani d'oro, ricavò un cappotto per me da uno di mio padre, che custodiva dentro un sacco di cotone bianco, nell'armadio della sua stanza. Era un cappotto bellissimo, rimasto lì per tutto quel tempo. Mentre lo scuciva pazientemente c'erano dei bei pezzi grandi sulla tavola, d'un marrone chiaro, quasi dorato. Li lavò con un sapone delicato, li asciugò e li stirò, in attesa della sarta. Una delle sue molte operazioni di recupero, alla ricerca sempre d'una sobria eleganza che la contraddistingueva.
Dall'interno della fodera, in pura seta, di quel cappotto cammello, venne fuori un'agendina piccola, di pelle verde scuro, di cui m'impadronii subito.

Era uno dei molti notes che avevano seguito mio padre per tutta la vita, dove tutti i suoi impegni venivano registrati in spazi piccolissimi, giorno per giorno, ogni anno.
Mi ero appropriata d'altre agende e me l'ero lette e rilette, nomi compresi ed indirizzi. Perfino i telefoni dei musei visitati erano notati e i ristoranti con il commento accanto.
Erano nomi che ogni anno cambiavano perché dovunque andasse papà conosceva sempre persone nuove, era tanto socievole e ovunque aveva conoscenti ed estimatori, che fossero melomani o semplici impresari.
Questa del cappotto cammello però era un'agenda d'importanza particolare perché era dell'anno della sua morte e quindi, dal mio piccolo punto di vista, andava letta con particolare attenzione, quasi studiata per conoscere particolari forse sfuggiti.
Ogni impegno di lavoro era stabilito giorno per giorno con i nomi delle città attraversate. Il teatro di solito aveva una sigla e vicino il nome di battesimo del sovrintendente, che era di solito pure un amico.

Ai primi di gennaio: Trieste, Milano, Torino, Genova.
Registrazione EIAR due opere. Poi: «Tournée in Sud America. Buenos Aires. *Colon* stupendo. Ritorno per Lisbona, con viaggio aereo terribile ma accoglienza splendida. Rifirmo per maggio dell'anno prossimo».
Eravamo già a febbraio con lo Stabat in Portogallo, le visite a Coimbra ed Evora e, di passaggio a Oporto, aveva comperato una cassetta del celebre vino da riportare in Italia, da centellinare con le persone care.
Il 6 marzo, una frase: «Sto male». E ancora, qualche giorno dopo: «Fatte le analisi, come farò con i contratti presi?». Sono segnati poi, quasi ogni settimana, i nomi dei medici da cui era andato a farsi visitare e che furono tutti d'accordo su una cosa: non c'erano che palliativi o tentativi di cure, la morte avrebbe presto bussato e lo avvertirono perentoriamente.
Da aprile a luglio tutte le paginette sono bianche, poi alla fine, nella rubrica del consuntivo del mese: «Mi ascolto sempre alla

radio. Dovrò registrare *Parsifal* in autunno». Credeva di poter andare presto a Torino.
Anche il giorno della mia nascita è bianco, mentre alla data del battesimo, il dieci agosto, è scritto: «Una settimana fa è nata la mia bambina. Wotan dovrà lasciare Brunilde? Io sto sempre peggio».
L'ultima frase è di settembre: «È arrivata oggi la scrittura per il Metropolitan di New York, è assurdo rispondere ora». Pensava ancora di guarire.
La mamma raccontava a volte le lacrime di mio padre quand'era giunto il telegramma dell'ingaggio per il sogno americano... L'aveva aspettato tanto quel foglietto verdino ed ora non poteva onorarlo.
Aveva deciso già da anni prima che quando fosse arrivato l'avrebbe incorniciato, accanto al contratto con la Scala di Milano del 1939.
Ci chiedemmo a lungo come fosse finita l'agendina nel cappotto che papà in tutto quell'anno aveva messo solo tre volte, dato che rimase a letto dalla fine di marzo per sette lunghi mesi di grave malattia.

Forse nell'ultimo periodo di vita, quando riprovò con enormi sforzi di volontà a camminare, avrà aperto l'armadio e avrà messo il suo piccolo diario di viaggio nella tasca del suo cappotto nuovo.
Per me l'importante, nel momento in cui l'avevo ritrovato, non era stato di sicuro questo interrogativo, bensì che fosse finito dopo tanto tempo in mano mia. Mi pareva d'aver raccolto i messaggi in bottiglia d'un naufrago che aveva voluto mandarli proprio a me...
Se negli anni precedenti gli appunti delle sue agende erano sintetici, solo descrittivi e qualche volta anche frivoli, queste ultime sue parole erano pietre perché registravano la corsa di un uomo verso la morte, di un padre orgoglioso che chiamava la sua bambina appena nata: «La mia principessa», che aveva pienamente capito quello che gli stava capitando, nonostante i falsi incoraggiamenti medici e che era conscio dell'indicibile dolore che gli dava la fine della carriera e del modo di vivere che aveva condotto fino a quel punto.
Il viceparroco, che era stato anche un com-

pagno di scuola delle elementari e che gli portava spesso la comunione durante la malattia, mi raccontò, quand'ero ormai una donna, che aveva incontrato poche persone così contente del proprio lavoro e così rassegnate a doverlo lasciare.

«Non so perché il Signore permetta tutto questo» disse a Don Pippo. «So che m'ha dato una vita fortunata e perfino la figlia che gli avevo chiesto, non pensavo che me l'avrebbe mandata nell'anno che dovevo morire e che quindi dovrò lasciarla agli altri, ma avrà i suoi motivi, mi basta sapere che li sa Lui». Chiese poi all'amico sacerdote anche di portargli i sacramenti in forma pubblica, perché «Luciano non si vergogna di Gesù e lo accoglie in casa sua con le candele accese, i fiori e l'anima pulita, pronto ad incontrarlo nel gran concerto del Paradiso, dove spera di conoscere i musicisti e i più grandi compositori di tutti i tempi e dove ascolterà il celebre coro degli angeli!». Raccontandomi queste frasi, pronunciate da mio padre qualche giorno prima di morire, il vecchio prete piangeva e non finiva mai di dirmi che secondo lui quella è la vera uscita di scena di un buon cristiano che accetta la volontà di Dio.

Questo certo non mi consolava ma unitamente alle frasi trovate nell'agendina mi portava a stimare moltissimo l'Ombra, che aveva scelto d'essere sepolto in frac, per il suo Concerto più importante.

Non era stato felice il suo ultimo anno di vita, aveva tanto sofferto non solo per la malattia, ma perché era stato lontano dai suoi teatri, dai suoi successi, dai suoi viaggi. Il rimpianto e la rassegnazione saranno stati di sicuro i compagni delle sue lunghe giornate a letto, quando sentiva continuamente Rossini, Verdi e Mozart.

Ed io, la figlia nata all'ultimo momento, ero solo un dono finale, in quell'estremo anno, quando ormai cantava pochissimo e passava le giornate a leggere spartiti d'opera, sapendo bene che non avrebbe più partecipato a nessuna tournée, da nessuna parte.

Ero quel silenzio che avevo inconsciamente sentito passarmi vicino quando aveva fatto trasportare la mia culla nella sua stanza, per vedermi fino alla fine. Ero quello che non aveva potuto esprimere, ciò che restava di chi aveva sempre espresso tutto, riso e goduto di tutto, con gran gioia. Ero anche la sua fantasia matura, che ricordava con attenzione la vita superandola, la serie d'immagini che la memoria gli portava indietro.

Ero il dolore represso della sua ribellione ad una morte crudele che un corpo giovane, per istinto, rifiuta sempre. Di sicuro non ero la sua felicità, perché quella l'aveva già conosciuta senza di me, prima di me, condividendola con tanti altri, i cui nomi erano elencati nelle sue rubriche. Persone di molte città del mondo, dove probabilmente non sarei mai andata, ma che con mio padre avevano lavorato, mangiato, passeggiato, esperimentato la sua allegria, conosciuto la sua generosità. Ho indossato spesso il cappotto marrone e lo portai per diversi anni, lo tenevo con cura.

Anche se ora aveva un'altra forma, era stato il cappotto di mio padre, che aveva volato con lui, in aereo per Lisbona, passeggiato per Milano, sotto la galleria, dopo l'ultima recita di Natale alla Scala, che aveva custodito per me le sue estreme considerazioni, in una piccola agendina.

Amavo quel cappotto come amavo il piano di papà, i suoi libri, la musica che aveva chiosato ai margini dei fogli: con adorazione, questo era il sentimento preciso.

Per quell'adorazione, all'inizio della mia adolescenza, cominciai quasi con rabbia a cercare uno spazio mio, per poter essere felice e libera, così come lo era già stato mio padre prima di me, senza di me.

Se per tutta l'infanzia avevo considerato impossibile la felicità senza di lui, ora avevo capito di dover assolutamente vivere come se non ci fosse mai stato.

La cruda realtà era proprio questa: la sua assenza sarebbe stata perenne, non dovevo più pensare al passato.

Questo distacco della vita con l'Ombra fu straziante, però diede al mio carattere un doppio risvolto: uno interiore e triste, l'altro allegro

e quasi scanzonato, che nessuno, né in quegli anni né in seguito, ha mai capito quanto costruito sia in me, assunto solo per farmi accettare dagli altri, per farmi amare.
Nella mia nuova vita senza l'Ombra mi sentivo molto sola e, per reagire a questa condizione, inventavo scherzi, organizzavo feste, ero l'amica di tutti, la spalla su cui si appoggiavano molti compagni di scuola, dove ero così apprezzata, al di là del mio rendimento scolastico, che nessuno avrebbe mai immaginato la mia convivenza con un dolore così profondo, che proprio perché inespresso non rivelava mai il vero spessore della ferita.
Quello che avevo già a quel tempo e che poi non ho mai perso in seguito era un grande coraggio. Ero molto triste eppure possedevo quella forza di non volerlo essere che non m'ha mai abbandonato. Pensavo sempre che la vita che avrei percorso sarebbe stata frutto della mia volontà, che dopo tanti dispiaceri avrei dato a mia madre e ai miei cari tante soddisfazioni e che sarei stata motivo d'orgoglio per tutti, solo perché l'avevo deciso. Questi pen-

sieri non m'abbandonavano mai, erano i sogni ad occhi aperti d'una bambina che avrebbe avuto il diritto di avere una vita serena e contenta, come tante altre tranquille e comuni e che invece spontaneamente s'arrovellava in riflessioni non adatte alla sua età, in responsabilità che non dovrebbero mai incrinare la tenerezza di spalle deboli con pesi troppo forti.
Contemporaneamente avevo nostalgia della mia vita con l'Ombra, ma ora che me n'ero staccata avevo la determinazione di non voler tornare indietro.
Con questa risoluta decisione iniziai un'adolescenza molto lunga, impegnativa e solitaria, un periodo in cui cercavo solo di scacciare il ricordo di mio padre.
In fondo, nel più profondo del cuore, c'era però una serie di terribili domande che incessantemente battevano: «Sarà possibile essere felice senza avere mai visto, neppure una volta, papà? Chi riuscirà a farmi dimenticare quanto è accaduto e tutto questo tempo passato ad aspettare? Come potrò un giorno non

ricordare? Entrerò mai tranquilla in un teatro ad ascoltare un'opera lirica? Potrò mai sentire Wagner senza pensare al mio nome? Amerò mai qualcuno più di mio padre? Sarà veramente mai possibile una gioia senza dolore?».

Il dubbio e gli interrogativi presero così il posto dell'Ombra, insieme ai ricordi, e sempre m'hanno poi, con molta pena, accompagnato.

Il segreto di Rosa

Stupisci del vento che porta
Dal bosco profumi soavi.
Ammira la rosa odorata
Che ai piedi i suoi petali sparge.

NORMAN GALE

Il fuoco nella cucina grande di Ripa era sempre a fiamma alta nel camino che prende ancora oggi una parete intera e assai lunga, occupata dalla cappa in alto, dalle griglie per gli arrosti, dal caldaio di rame appeso alla catena e dall'arola, la piattaforma, che serviva per tenere in caldo i cibi cotti sulla brace.
«È un camino degno di questa casa», disse la nostra Rosa a Giulio, un vicino che costruiva e veniva a vendere le ventole per i fornelli e aggiunse pure con orgoglio: «tranne che d'estate, ardono sempre sul focolare sei cippi interi e una fascinella per accendere».
Tra i ricordi più lontani che affiorano ci sono queste parole insieme a quelle ventole larghe sul tavolo, ventole di piume che tanto m'incuriosivano, allineate per la scelta.
Rosa le soppesava con cura, come faceva con

tutto quello che toccava, finché Giulio beveva un bicchiere di vino rosso.
Per me il mondo era tutto in quella cucina dal pavimento antico, a pietre quadre. Un luogo meraviglioso, che ci ospitava tutto il giorno, diviso in due da grandi arcate che tagliavano la zona dei lavatoi dagli spazi di preparazione e cottura, dal fuoco e dai fornelli.
Sopra le due grandi tavole dal piano di marmo, Rosa ammassava il pane e la pizza due volte la settimana, stendeva le «pannelle», grandi come soli, per la pasta delle lasagne della festa o tagliava le fettuccine con una precisione da chirurgo.
Ogni mattina, quando scendevo dal letto e correvo in cucina, già l'acqua nella stagnata bolliva perché mi potessi lavare, perché prima della messa dalle monache di S. Caterina, alla quale andava, con qualsiasi tempo, la balia aveva già, alle sei, acceso il fuoco. Il vasto ambiente era caldo, quando tornava, così poteva mettersi tranquilla a preparare l'orzo, a travasare il latte e ad abbrustolire sulla graticola le fette di pane per la nostra colazione. Rosa era una

bravissima balia, tuttofare, aveva quasi settant'anni, e da mezzo secolo era a servizio dai miei nonni prima e poi dai miei genitori.
Alla morte improvvisa di papà rimase semplicemente con noi, nella casa dove era sempre vissuta e dove aveva lavorato ogni giorno. Mia madre era molto provata e lei l'accudiva con un affetto e una gentilezza infinita, sollevandola da ogni possibile noia o fastidio che capitasse e curando soprattutto me in modo impeccabile.
Come fosse arrivata ad essere la balia di mio padre, balia per modo di dire perché non l'aveva mai allattato, l'ho saputo solo molti anni dopo che era morta, lei non ne aveva mai fatto parola. Quello che ripeteva sempre era invece che veniva da una casa di mezzadri di mia nonna, in contrada «Gozzana», dove le terre erano molto fertili e i raccolti buoni.
Il grano e l'uva che vi si coltivavano erano i più pregiati del territorio, gli ulivi non avevano mai malattie e le lattughe romane erano le più tenere, tanto da essere richieste dal mercato di Grottammare.

I suoi fratelli e la sua unica sorella Elisa vivevano ancora in quella zona, dopo i matrimoni, e venivano ogni tanto in paese a trovarla, ma Rosa non andava mai da loro, non solo per Natale o Pasqua, ma neppure per un pranzo, in una domenica qualsiasi, nonostante gli inviti ripetuti. «*Nen ce vache*» diceva e controllava la lievitazione del pane. Nessuno riusciva a farle cambiare idea. La balia era una donna precocemente invecchiata, piccolina di statura e molto magra. Indossava invariabilmente gonne o vestiti scuri, che si cuciva da sé, comprando le stoffe alla fiera... I suoi abiti erano sempre identici, simili a quelli di mezzo secolo prima. Solo i suoi grembiuli erano bianchi, anzi candidi se veniva qualcuno in visita o a pranzo; quelli neri, di rasatello e con due balze, li usava quand'eravamo sole. In ogni occasione comunque Rosa non si separava proprio mai dal grembiule e lo sfilava calma, per andare a messa o quando usciva per la spesa, in piazza, sui banchi del mercatino.

Camminava velocissima, avvolta da un grande scialle nero, che d'inverno metteva pure in testa, a proteggere quella sua treccina bianca, che girava e rigirava su forcine d'osso. Il viso era minuto, regolare, gli occhi castani e spesso abbassati davanti a quella che chiamava «gente», e al cui giudizio lei si rimetteva sempre. Lo sguardo però da timido poteva diventare allegro e ironico se desiderava qualcosa da noi o tranquillo o preoccupato, a seconda degli umori di mia madre, che cercava sempre d'aiutare in ogni modo. La balia parlava poco e spesso solo con me, si muoveva in silenzio assoluto e negli anni trascorsi insieme non ho mai sentito il rumore d'un coperchio che cadeva o d'un piatto che si rompeva. Solo se avevamo qualche ospite si pranzava al piano di sopra e Rosa apparecchiava con cura quasi maniacale, arrivando perfino a stirare qualche piegolina della tovaglia già in tavola, prima di porre al loro posto piatti, bicchieri e posate, accuratamente lavati e asciugati ogni volta che si ritiravano fuori dagli armadi. Mentre mi porgeva i cucchiai, le forchette, i bicchieri e mai i coltelli, la balia mi raccontava la storia di questo

o quel pranzo ai tempi dei miei nonni o le cene di mio padre, in cui veniva arrostito di solito un agnello intero. La bravura in cucina della nonna, la sua adorata padrona, veniva ricordata ogni volta insieme ai piatti che preparavano insieme e di cui ormai solo lei conosceva i segreti: la tacchinella ripiena, il fritto misto all'ascolana, i vincisgrassi con i funghi e poi il frestingo «*più bbò de tutti*», il dolce di Natale di frutta secca, che veniva regalato ai parenti e agli amici più cari.
Quando la balia tagliava i salati sul tagliere o anche solo il pane, pareva accarezzasse quello che teneva tra le dita. Mia madre la lodava sempre dicendole che forse aveva una macchina segreta con cui affettava, Rosa abbassando la testa rispondeva: «*Lë ma', ci-haje lë ma'!*». Era incantevole quando mostrava quelle piccole mani con un anellino a destra, per far vedere che non c'era inganno. L'anello gliel'aveva regalato mio padre e gliel'aveva comperato a Roma. Ogni volta che andava in tournée riportava qualcosa alla sua Rosina, oggetti che raramente la balia tirava fuori, ma

che conservava come reliquie nel suo cassettone. Usava invece in ogni occasione un bel rosario dell'anno santo 1950 che i miei genitori le avevano donato e con il quale si addormentava spesso sulla seggiola di pomeriggio, quando, terminati i lavori di casa, mi faceva compagnia, in silenzio assoluto, mentre svolgevo i compiti in un angolo del tavolo. Era quello il momento più bello della giornata per lei, che dopo aver messo tutto a posto si concedeva il lusso d'una tranquilla siesta, finalmente seduta «*senze pënziera*», come diceva accomodandosi.

Già all'inizio dell'asilo Rosa era orgogliosissima dei miei lavoretti e poi anche delle prime lettere che tracciavo e che guardava come fossero opere d'arte. Quando fui ammessa in prima dalle suore e cominciai subito a scrivere e a leggere con il metodo globale, voleva che ogni giorno le raccontassi quello che facevamo con Suor Vincenza, una terribile suora molto autoritaria, che mi trattava bene solo perché ero brava, mentre umiliava alcuni miei compagni con parole ben peggiori degli schiaffi, sempre minacciante punizioni a non finire.

Un giorno che la balia ammirava i disegni, mi resi conto che non riconosceva le lettere delle parole, che non capiva i segni. Mi spiegò che era andata solo per due anni alle elementari, che non sapeva più scrivere neppure il suo nome, che non ricordava più niente. Provai molta pena perché si vergognava di non sapere né leggere né scrivere, così la incoraggiai a tal punto, da convincerla che sarebbe stato facile imparare di nuovo. Da quel giorno, finiti i soliti compiti, una maestra di cinque anni insegnava le lettere ad un'anziana di settanta, molto attenta.

Dopo un certo tempo seppe leggere e scrivere con grande fatica il suo nome in corsivo: *Illuminati Rosa*.

Così si chiamava, per intero. Il soprannome della sua famiglia d'origine invece era *Tardacì* e con questo era conosciuta in paese.

Da anni, ogni due mesi, la balia andava all'Ufficio Postale a ritirare la pensione. Ogni volta qualcuno doveva riconoscerla e scrivere il

suo nome, accanto al quale doveva apporre una croce, il segno degli analfabeti, per ricevere il denaro. In quel febbraio del 1957 però qualcosa era cambiato e Rosa mi portò con sé per dimostrarmi che non si sarebbe vergognata mai più di non saper scrivere.
Aveva nevicato e la strada era impervia. Venne a prendermi come sempre all'uscita di scuola, mi teneva per mano e camminavamo molto lentamente per i vicoli, senza parlare. Arrivate, ci sedemmo su una panchetta, perché c'era una fila di molti anziani che riscuotevano il rateo di pensione. Piano piano scemarono tutti e venne il nostro turno.
Il Direttore chiese a voce alta: «Chi ti riconosce, oggi, Rosa?». Tranquillamente rispose in italiano: «Non mi riconosce nessuno. So scrivere». L'uomo allibito le porse il foglio e la penna. Il mio cuore faceva le capriole mentre vedevo il pennino andare su e giù, lento ma sicuro, sul documento. La cassiera per asciugarlo lo sventolò e poi, finché le contava il denaro, le chiese se fosse andata al corso serale degli analfabeti che si teneva pres-

so la Scuola Elementare Statale «Ildebrando Malavolta». Con grande gentilezza Rosa negò, affermando d'aver avuto una maestra a casa che le aveva insegnato. La curiosa cassiera domandò se la maestra fosse la mia mamma, ma la balia orgogliosamente e quasi ridendo disse in dialetto: «*Le frëchine m'ha 'mparata*», inondandomi di vera gioia.

Nessuno le credette, non avevo neppure sei anni, ma noi sapevamo che era la pura verità. Ce ne ritornammo felici a casa ed in seguito Rosa imparò molte altre parole in corsivo col metodo globale. Praticamente il suo analfabetismo di ritorno era stato vinto in meno d'un anno. Leggeva faticosamente il mio libro e pure il foglietto della parrocchia e fu contentissima quando, al colmo della generosità, le regalai una storia: *Il piccolo cerbiatto*, con bellissime illustrazioni, che ritenevo adatta per i bambini più piccoli e che sapevo a memoria. Arrivavo perfino a farle fare su quelle pagine esercizi, a voce alta, di lettura.

Tutto il giorno Rosa pensava a me, «*le frëchine*», la sua bambina adorata, nata in un

momento terribile per la nostra famiglia, felicità insperata e avvenimento tale nella sua vita che tutta la notte seguente alla mia nascita l'aveva passata in ginocchio a ringraziare la Madonna di Loreto. Una volta sola disse che il dolore provato per la morte di mio padre, che amava come un figlio, era stato tale da «romperle il cuore», ma che io l'avevo distratta da quel «male», perché ridevo già a due mesi nella culla e urlavo come un'ossessa ogni volta che s'allontanava dalla stanza.
Mi viveva come un miracolo, un dono di vita, giunto quando nessuno se l'aspettava e per lei, felice perché così accompagnava la terza generazione della mia famiglia, non c'era gioia più grande che portarmi a passeggio o in chiesa o in visita da qualche parente. Difendendomi da tutto quello che avrebbe potuto anche in maniera impercettibile colpirmi, Rosa cercava sempre di coprirmi gli occhi sulla crudeltà della vita, dandomi un'immagine di felicità futura che avrei di sicuro incontrato e che m'avrebbe appagato.

Temeva per la mia salute, vegliando ogni mia tonsillite o influenza o malattia infettiva, con brodi di pollo e zabaioni fumanti e soprattutto con un affetto che sfiorava la morbosità. Nessuno, tranne mia madre, poteva avvicinarsi al mio letto e solo lei poteva lavarmi e imboccarmi. Attenta ad ogni colpo di tosse e ad ogni mia ferita, dava sempre la colpa di tutto agli altri e mai a me, che al contrario della sua immagine, ero assai vivace e disposta a mettermi «nei pericoli» tanto deprecati da lei eppure così tentatori. Quando mia madre mi puniva, andava via dalla stanza e dopo veniva subito a consolarmi e ad asciugarmi il viso dalle lagrime, dandomi ragione con baci e carezze. In quelle occasioni rispondeva a monosillabi alla mamma, ritenendosi offesa. Sognava per me una vita diversa da quella di tutti gli altri bambini che conoscevamo. Una vita da «*curiala*», così come chiamava lei in dialetto le persone che studiavano e s'erano distinte alla sua vista. Non avrei avuto nessun problema dato che ero perfetta già così ai suoi occhi. Desiderava per me un avveni-

re radioso e quando m'aiutava ad asciugarmi i piedi, che poi infarinava di borotalco, mi diceva che avrei sposato un signore con «cento terreni», come mio nonno Carlo. Un signore bello e buono che m'avrebbe portato a vivere in un bel palazzo, a Roma. Lo diceva così convinta che le rispondevo subito:
«Ma io a Roma non ci voglio andare!».
«Perché no?» ribatteva lei. «È una città bellissima, pure tuo padre ci andava sempre... Ci dovevo andare pure io, a vedere il Papa... con lui!».
Proseguivo corrucciata: «Io non ci voglio andare, voglio stare a casa con te e con mamma, e poi a Roma non c'è il mare e neanche i cavalli e non conosco nessuno».
Rosa a quel punto mi accarezzava e mi coccolava dicendomi che ci avremmo ripensato più avanti, che ora era presto per andare via, che dovevo studiare e andare in collegio, fare insomma una montagna d'altre cosa prima di sposarmi. Così mi placava.
Rosa parlava in un dialetto stretto e antico, che io capivo benissimo. Se ne vergo-

gnava un po' perché non era il dialetto del paese, ma quello di campagna.
«*Nnë lë saccia*» era la sua risposta quasi continuativa.
«Cos'è che non sai?» chiedeva pazientemente la mamma.
«*Nnë lë saccia di'*» rispondeva lei.
«Che ci volevi dire, Rosa?» le chiedevo io. E lei, a monosillabi rispondeva qualcosa che io poi traducevo in contemporanea. Mia madre rideva, la balia la guardava da sotto in su interrogativa, quasi a chiedere il motivo di tanta ilarità per la nostra intesa.
Ci capivamo senza parole, sapeva sempre darmi quello che desideravo nel momento giusto, non m'imponeva mai niente e mi proponeva proprio d'uscire quando ne avevo voglia. Per la strada dovevo darle la mano e mi faceva decisamente camminare al margine del «corso», dove c'era una piccola stradina tra le pietre, probabilmente per lo scolo dell'acqua e che lei mi raccontava fosse «*le stredèlle dë li frëchì*».
Un'attività che Rosa non abbandonava mai era quella d'andare in campagna, nella bel-

la stagione, alla ricerca d'erbe selvatiche, di cicorie e tarassachi da cucinare come contorni ai suoi arrosti prelibati. Appena l'inverno era finito e cominciavano i bei pomeriggi dal cielo azzurro, pieno di nuvole, la balia prendeva il suo cestino, un coltellino e me, per andare a «*caccialiebbra*», una vera delizia da lessare e ripassare in tegame con aglio e olio. Mentre cercava le erbe, chinandosi piano per raccoglierle, mi lasciava libera di correre e, se le ero vicina, mi faceva notare le piccole bestiole che trovava e non uccideva mai: lumachine, raganelle, rospetti, forbicette, millepiedi. Una volta, in una vigna dove trovavamo dei «carletti», per uno stupendo risottino, Rosa mi fece notare la fuga d'un riccio da poco uscito dal letargo, che magro s'aggirava in cerca di qualcosa per nutrirsi.

«*Lu vide s'è siccu quannu dormu nen magnu... e... së cunzumu*».

Alberi da frutto fioriti ci circondavano con la loro bellezza e lei con pazienza m'insegnava la differenza tra il mandorlo e il pesco,

tra il melo e il pero, osservando dalle fioriture le possibilità dei raccolti.
C'erano poi i suoi luoghi segreti dei rossi tulipani selvatici, delle more e dei prugnoli, con cui preparava marmellate per le sue crostate estive. In questi nostri giri campestri la balia mi faceva riconoscere dal canto gli uccelli e da piccoli rumori i movimenti degli animali. Upupe, donnole, volpi e usignoli non avevano segreti per lei, che da piccola con i suoi familiari viveva praticamente a contatto con una natura assai popolata e intatta nel suo equilibrio tra piante, raccolti, bestie e persone.
Questo rapporto con la campagna, importantissimo nella mia vita, viene da Rosa, che se terminava il miele, metteva lo scialle in testa e andava al Trivio, da un contadino di sua fiducia, a prenderlo. Era libera in queste sue azioni improvvise, così come nelle sue piccole superstizioni e credenze. Indimenticabili i suoi digiuni in Quaresima e Avvento e poi prima d'alcune feste che lei riteneva importanti, come l'Immacolata, l'Assunta, gli Angeli Custodi e i Santi.

Nonostante le insistenze di mia madre che desiderava bevesse almeno un po' di brodo o la minestra di ceci che preparava per noi, che pure facevamo vigilia il venerdì, rispondeva dura: «*Nen më cë va, nen më cë cale, lu monna va malu prëcché le ggënde nen preghe. Sògna dijunà*».
Verso sera finalmente beveva l'orzo con un po' di zucchero ma rifiutava sempre i pezzetti di mela sbucciata che volevamo a tutti i costi mangiasse. Ogni volta era così e nella settimana di Pasqua il suo digiuno iniziava il Giovedì Santo con la visita ai sepolcri nelle varie chiese cittadine e terminava con l'orzo solito, al ritorno dalla processione del Venerdì Santo, quella con la bara del Cristo Morto che lei seguiva per tutto il percorso. Di solito la recuperavamo nella chiesa della Misericordia e Morte, dove ammirava la bella immagine velata di Gesù, circondato da angeli, da vicino.
Per le grandi processioni, quella della Madonna di S. Giovanni o per il Corpus Domini, c'era l'uso di infiorare le strade; andavamo per

questo in campagna alla ricerca di quello che la stagione offriva. Con petali di papavero e fiori d'acacia facevamo sfondi completati dal giallo delle ginestre, dal rosa dei gladioletti selvatici, dall'azzurro di splendide pervinche che tappezzavano i muretti campestri.
Rosa conosceva luoghi non battuti e partiva con me e qualche compagna di scuola a cui affidava sacchetti di tela che preparava per tempo, per cogliere i fiori in quantità per la cerimonia.
La mattina che, come diceva lei, «il Signore passa per la strada», all'ultimo momento, perché fossero più fresche, spargeva le roselline gialle, miste alle foglie di quercia. La processione procedeva davvero su un tappeto colorato e naturale di cui risento ancora l'odore e che in qualche occasione, se il sole era molto ardente, alla fine della celebrazione era già secco e mutato dalle sue tinte iniziali.
Quando invece «usciva la Madonna con la casetta», dal portone del Duomo, dovevo sempre avere i rametti di mentuccia in mano

per alzarli alla Benedizione delle campagne, fuori porta, insieme agli altri bambini.
La campanella suonava e suonava e io seguivo tutti i gesti della balia, che poi, nel pomeriggio, faceva invariabilmente le «frittellette» con la pastella e le foglie di menta. Quando seguivamo la processione e ogni cosa mi sembrava in pace e meravigliosa, guardavamo pregando le colline che tra maggio e giugno hanno colori mutevoli e bellissimi. Sembrava di essere in un luogo senza tempo e al di fuori d'ogni male, dove tutti si sorridevano, stavano insieme stimandosi davvero e, soprattutto, dove Rosa sapeva sempre cosa fare e dove andare, con sicurezza.
Teneva molto alle sue mansioni, ai suoi doveri e per quanto mia madre per i grandi bucati o per le pulizie di fondo chiamasse due donne forti e giovani, lei era sempre con qualche straccio in mano o a stirare di fino.
In cucina poi non c'era possibilità di sostituirla mai, anche se la mamma qualche volta avrebbe voluto farla riposare, non poteva con-

traddirla e doveva continuare a dirle ogni sera cosa desiderasse per il giorno dopo. Educata da mia nonna ad essere perfino raffinata nella scelta d'ogni cosa, continuava, anche dopo anni che era morta, sulla scia della tradizione a cui era stata abituata fin da ragazza, a voler preparare tutto nei minimi particolari per tempo.

La balia brontolava all'indirizzo della giovane padrona perché era troppo generosa, secondo lei, e poi perché dava confidenza a persone che, dal suo punto di vista, non meritavano attenzione né interesse. Guardava con un certo disappunto se si rivolgevano a mia madre per liti familiari, che tentava di risolvere, e scuoteva la testa se mentre usciva, in fretta, mettendosi il cappello, le diceva: «Fai quello che vuoi, tanto sei sempre bravissima. Pensaci tu, Rosa, per il pranzo».

Una sua frase celebre ci fece ridere per anni. Alla zia che chiedeva notizie di sua sorella, rispose sotto voce: «*Mangä le morte cë le 'rtrëvarà dentra case. 'N ci sta ma'*».

Questa sua religione della casa, di vivere gli ambienti, che forse aveva condiviso con mia nonna, soprattutto negli ultimi anni, quand'era diventata quasi cieca, non interessava che relativamente la mia mamma, socialmente molto attiva e assai diversa di carattere dalla suocera, idolo mai dimenticato dalla balia. Rosa voleva essere comandata e mia madre non lo faceva mai, probabilmente provava perfino un po' di soggezione nei confronti di una persona tanto più anziana di lei, che s'aggirava nella casa di suo marito con più naturalezza di tutti e della quale poteva fidarsi ciecamente. Non perdeva mai occasione, ad esempio, di lodarla per le sue qualità, per la sua bravura, per l'abnegazione che poneva in ogni attività e veramente trattava la balia come una persona di famiglia, a cui chiedeva consiglio, a cui senza problemi lasciava a volte la cura della sua bambina e sempre quella della sua cucina.
Quand'eravamo sole Rosa mi raccontava i grandi avvenimenti che avevano segnato la sua vita. La prima volta che aveva visto il mare,

ad esempio, quando dopo la febbre «spagnola» era andata a Loreto a piedi per ringraziamento insieme ad un pellegrinaggio di sopravvissuti che, a tappe, passando per i paesi, copriva in tre giorni i settantadue chilometri di distanza. A ricordo di questa gita spossante e tanto importante sempre nella sua vita, aveva un tatuaggio sul braccio sinistro: un ostensorio con l'ostia e i raggi, con la scritta IHS e sotto la data del giorno d'arrivo alla Basilica che «contiene» la casa dell'infanzia di Gesù.
Ogni volta che mi faceva vedere il tatuaggio mi confidava d'aver avuto un miracolo. Aveva voluto così, per ricordo, scriversi la data sulla carne. Con «la spagnola» aveva perso tre fratelli «*unu ppiù 'bbiellu de 'n atru*» e tutti «*bravi e bbòni*». Morti in venti giorni, senza remissione.
Aggiungeva con la sua mentalità contadina: «*Precché lu Patr Eterne ha resparmiate Rose, Rose nnë le sa. Sogne rrërngrazia 'prassà Jese Criste e pura le matre suò: Le Medonne dë Lurete, chë ce le seme 'vute proprie ècchë lë Marca... 'rrivate nghë le case e j'angeli*».

Da giovane questo era stato il suo primo viaggio e, al ritorno, quando lei e la sorella Elisa avevano bussato alla villa dei miei nonni, a Grottammare, spossate, desiderose solo di dormire, erano state accolte e rifocillate con tanta gioia dalla «contessa vecchia, l'inglese», che passava la primavera al mare e che trattava i suoi mezzadri e le famiglie dei suoi mezzadri, «*comma fiji suò*».
Per tutta la notte Rosa, raccontava ancora impaurita dopo tanti anni, era stata continuamente svegliata dal rumore delle onde del mare, finché all'alba aveva aperto la finestra della sua stanzetta e aveva visto una cosa meravigliosa: il sole stava nascendo dall'acqua, che, crescendo per la marea, arrivava quasi fino alla strada su cui terminava il giardino della villa. Il profumo degli alberi della gaggia in fiore, i colori, lo splendido clima e l'accoglienza ricevuta, a distanza di molto tempo, erano ancora forti nella memoria di quella piccola donna che non aveva mai dimenticato la bontà del pane bianco dato alle due ragazze che tornavano a casa, per i campi, ver-

so la Gozzana, dalla Contessa Francis in persona, prima della giornaliera passeggiata a cavallo, sulla spiaggia.
Sempre legato alla casa al mare la balia raccontava il periodo della bronchite di mio padre piccolissimo, quando lei, già assunta, per tre mesi aveva goduto d'una vacanza meravigliosa con la mia nonna, «la contessa giovane». Il piccolo veniva portato ogni mattina a respirare l'aria iodata che spirava in riva al mare e Rosa lo «*custudì*» così bene che la padrona, alla fine dell'estate, le regalò una collanetta di coralli rossi, allora molto alla moda, come augurio per la nuova vita, che iniziava in quella famiglia da bambinaia e, all'occorrenza, cameriera volante. Il nonno poi, oltre a darle uno stipendio molto buono per quei tempi, le promise che qualora avesse deciso di sposarsi avrebbe aggiunto come dono personale una piccola dote... ma «*nen me so' vulute maja spösà, so' 'rmaste sèmbra ècche*».
Riteneva una gioia il suo lavoro. Aveva dei buoni padroni che la lasciavano perfino giocare a corda coi bambini, data la sua giova-

nissima età, viveva in bellissime case, dove consumava tre pasti al giorno, sempre con i suoi due cari bambini, accudiva un cane S. Bernardo «*bbiellu come 'na mundagne*», che viveva praticamente tutto il giorno nella stanza dei giochi o ai piedi del fuoco, in cucina. Questo cane di nome Medoro, come quello di Pinocchio, era una delle molte stranezze del conte che, oltre ai suoi spaniel da caccia, aveva addomesticato una volpe e aveva con i cavalli un rapporto incredibile, sostenendo che i suoi animali fossero migliori di alcune persone di sua conoscenza.
Siccome molto spesso scriveva musiche e canzoni, Rosa e mio padre infante a volte per primi ascoltavano le composizioni allegre del conte, che era un poeta dialettale assai amato dalla gente, uno scanzonato signore che fu tra i primi ufficiali di cavalleria della Grande Guerra ad optare per l'aeronautica e a pilotare un aeroplano nei cieli del Fronte Veneto.
«Rosa, i tempi cambiano!» diceva alla piccola balia.

«I cavalli hanno fatto la loro storia e vanno bene solo per galoppare o per il calessino, ma questo è ormai il momento dei motori, delle macchine e degli aerei...».
Il racconto proseguiva nella descrizione di Arlecchino, il cavallo prediletto del nonno, che morì di vecchiaia poco prima della Guerra d'Africa e che era così addomesticato da salire le scale del Teatro. Arlecchino era una creatura a cui «mancava la parola» e, secondo Rosa, aveva la capacità di comprendere con lo sguardo dove il padrone volesse dirigersi, per cui una volta sellato o legato al calesse, usciva veloce dalla rimessa per Grottammare, per S. Benedetto, per Offida o per qualche casolare di campagna. Non sbagliava mai.
Gli anni passarono così, in una quiete familiare interrotta dalla morte della contessa vecchia, l'inglese nata a Madras, nelle Indie, e venuta a morire nelle Marche. Di lei la balia raccontava che regalava alle chiese bellissime tovaglie che ricamava a tempo perso, che in giardino finché s'occupava delle piante parlava con i fiori o da sola, rivolta al mare e agli

alberi ombrosi di gaggia. Francis-Harriet era un enigma per Rosa, perché era silenziosissima con gli esseri umani e pure leggermente brusca, mentre era assai affettuosa con i bambini e gli animali di casa...

«*Eppuò, së sa chë li signora è strani bbé. Le matre perlieve streniere, lu fija je rëspënnievu in francese po' èsse o in 'nglese e jë dieve sèmbra rajó. Esse però vulieve bbé a Llucià, troppu bbiellu èru, 'na minieture*».

Invariabilmente terminava così, nella minuta descrizione del bambino affidato alle sue cure, sempre sereno e allegro, a cui aveva insegnato a camminare sulla sabbia, quasi in riva al mare. Per tutti i quarant'anni che aveva vissuto con lui lo aveva considerato e amato come un figlio. Nel ricordo lo vedeva perfetto e quand'era divenuto molto celebre amava ripetere che l'aveva sempre saputo che sarebbe stato noto in tutto il mondo. Me lo raccontava mentre spolverava in camera di mamma ritratti e piccoli quadri.

Andò a sentirlo cantare in teatro solo una volta e ne fu così compiaciuta che ricordava il concerto nei minimi particolari, compresi i vestiti degli altri, che comunque cantavano tutti peggio del suo Luciano, Beniamino Gigli compreso.

Papà l'aveva più volte invitata ad esecuzione di opere intere, in altri teatri, ma Rosa non aveva più voluto andare. Diceva, abbassando la testa e toccandosi il cuore: «*Troppa 'moziò, në le chepisce?*».

Si limitava a preparare splendide cene per lui e i suoi amici musicisti... Proprio come faceva con le merende per le mie compagne di dottrina e di scuola. E sempre, in quelle occasioni, parlava pochissimo, non faceva domande, serviva e ogni tanto veniva a controllare che non fossi troppo agitata. Mia madre voleva ogni volta che assaggiasse qualcosa, bevesse con gli altri almeno un chinotto, ma la balia sempre si dibatteva, si schermiva e andava via, non senza aver controllato che tutto fosse a posto.

Camminando per uscire dalla stanza, impassibile e senza voltarsi, raddrizzava un piatto, piegava un tovagliolo, aggiustava la piega della tovaglia... e spariva al piano di sopra, dove andava a rammendare, a stirare, a inamidare. Sarebbe riapparsa solo prima di cena. Sembrava che quella vita dovesse durare per sempre, ma non era così. Una mattina d'aprile infatti la mamma s'accorse che Rosa non s'era alzata, così corse a vedere cosa fosse successo, la trovò a letto in preda a forti dolori. Il medico, chiamato d'urgenza, diagnosticò una brutta ernia, le diede dei farmaci per calmarle il dolore, che la fecero rimanere intontita e sudata per tutto il giorno. Quando tornai da scuola andai a vederla, ma pareva dormisse, la testina piccola sul guanciale grande, in un letto alto e largo... Sembrava una bambina con i capelli bianchi, le mani rugose sul lenzuolo, spersa in tanto spazio.

«Rosa, come va?» chiesi a voce bassa, avvicinandomi.

«*Comma e ite le scòle?*» rispose voltandosi dalla mia parte. La stanza era in penombra ma io la vedevo chiaramente sofferente e lontana. Lo capì e mi disse: «*Nen të preuccupà pë' mme, va' a jecà'*».

Mia madre era già andata a chiamare il prete per l'olio Santo perché il chirurgo dell'Ospedale voleva tentare un'operazione in extremis, per il giorno dopo.
La tennero a digiuno tutto il tempo. Rosa aveva tanta sete e probabilmente molta febbre. Il comodino vicino al suo letto era pieno di medicine e chiunque entrasse nella stanza, anch'io che ero una bambina piccola, capiva che i farmaci non sarebbero serviti a molto. Rimasero durante la notte con lei la mamma e sua sorella Elisa. Mi svegliai di soprassalto per i passi concitati che sentivo nel salone accanto alla mia stanza e che portava anche a quella dell'ammalata. Nelle case dalle camere comunicanti in fondo non ci sono segreti perché, nonostante le pareti spesse, tutto è vicino, anche se le porte sono chiuse. Mi vestii e senza calze, a piedi nudi, corsi verso il passaggio che dava sul corridoietto, ma la porta era sbarrata, da dentro. Rimasi immobile non so per quanto tempo lì dietro, poi piano piano me ne tornai a letto. Pensai di pregare e forse ripetere le avemarie mi addor-

mentò. Il sonno fu interrotto dai baci della mamma che mi diceva cose che non capivo, del genere: «Non bisogna piangere, tanto sarà sempre qui con noi» e intanto mi singhiozzava sulla testa. Mi tirai allora su, a sedere sul letto, comprendendo che Rosina era morta. Un grande disagio mi saliva verso la gola, impediva ogni suono.

Fui vestita alla svelta e accompagnata a casa della zia Margherita, la mia madrina, che tentò di distrarmi, senza riuscirci per tutto il giorno. Nel pomeriggio, dato che il vento aveva spazzato via le nuvole e c'era un certo tepore, andammo a fare una passeggiata fuori porta. Era una giornata quasi tiepida e lavoravano già negli orti. La porticina del giardino dello zio Riccardo era aperta, evidentemente la sua donna di servizio dalmata, Maritza, vangava le aiuole. Un contadino portava via rami secchi e ne faceva fascine.

«Vuoi che saliamo?» chiese la zia con gentilezza.

Imboccando la scaletta di pietra una tristezza indicibile mi trapassava. Ogni tanto, nel

tempo, quando la pena m'ha fatto compagnia, ho ripensato a quel pomeriggio di primavera in cui le mie leggere spalle portavano un peso che nessuno poteva togliere e che solo la bellezza della bordura delle primule riuscì a distrarre. Maritza m'invitò a cogliere i piccoli fiori per portarli a casa, da Rosa. Vedendo che non mi muovevo ne tagliò un grazioso mazzo. Erano primule d'un viola chiaro, bordate di giallo. Splendidi esemplari antichi del giardino botanico della farmacia, che si erano riprodotti enormemente, rallegrando quell'angolo di terra, sotto la chiesa dei Sacconi, nelle belle aiuole rettangolari. Giunchiglie d'ogni qualità, narcisi e violette di Parma crescevano in libertà tra i rosai e gli allori.
«Guarda, si vedono i Sibillini, ancora c'è la neve» diceva intanto la zia Margherita. «Guarda le nuvole che ti piacciono tanto, guarda il profilo dell'Ascensione!».
Mentre mi abbracciava stretta, cercava di colmare così tutto il mio silenzio e solo quando sulla panchina sotto i grandi alberi «di Giuda» timidamente osai dire: «Lo sai che la

balia è morta?» ebbe il coraggio di rispondermi: «Povera stella, che dispiacere stai provando».

Queste parole mi sciolsero e finalmente cominciai a piangere così forte che la zia, persona molto serena, non sapeva più cosa fare per calmarmi.

Quando riprendemmo la strada di casa, dopo una preghiera nella vicina chiesa, le persone ci fermavano per chiedere del funerale e d'altre notizie riguardanti Rosa, ma la zia Margherita proseguiva imponente per il corso, tenendomi con sicurezza per mano.

Per farmi coraggio mi stringevo al suo guanto di camoscio grigio antracite e con i bottoncini, molto morbido e dalla cucitura centrale. La zia m'accompagnò a casa, dove già stava iniziando la veglia funebre e il cappuccino, che era venuto a benedire la salma, chiese da quanto tempo la defunta vivesse con noi.

«Dal 1909» rispose sicura la mamma e aggiunse piano: «Già da cinquanta anni Rosa abitava qui, ancora dai tempi di mia suocera. È

stata la balia di mio marito, poi quella di mia figlia… Balia asciutta s'intende».
Così la vidi distesa e immobile nella camera ardente che avevano preparato per lei. Una bella coperta di seta verde copriva il letto su cui era adagiata, le mani composte tenevano la corona del Santo Rosario. Il viso era sereno, tranquillo, in un sonno talmente greve che tutti parlavano sottovoce e camminavano in punta di piedi per non disturbarlo. Ceri alti bruciavano nei candelieri, garofani bianchi e rosa troneggiavano nei vasi.
Erano venuti tutti a salutarla, dai parenti della contrada Carmine a quelli della Gozzana… C'erano le amiche di mia madre e le sue sorelle, pure le mie cugine che, per la sua piccola statura, a volte l'avevano chiamata tra loro Bruschettina, erano seriamente dispiaciute da questa morte improvvisa, inaspettata. Vincenzina e Savina con Amalia, la materassaia, pregavano ad alta voce.
Le parole come: «La morte è un ladro che viene all'improvviso, chi lo sa quando arriva?» mi facevano odiare il cappuccino, ma pure ave-

re pensieri che mi portavano a riflettere e a soffrire. Chiunque poteva sparire così e non parlare più, sembrare addormentato ma in realtà non rispondere perché già altrove, lontano?

Dove poteva essere andata? Non ripeteva sempre, quando eravamo sole, in campagna, la solita frase: «*Siende chë arie, stéma 'm-Peredisa*»? Invece m'aveva lasciato in quattro e quattr'otto, per andare a fare l'angelo da qualche parte del cielo. Padre Giuseppe era stato chiarissimo su questo argomento e aveva completato dicendo: «Già sulla terra era un piccolo angelo e molto attivo, chissà ora da lassù quanto ci aiuterà tutti...».

A me pareva incredibile che ci aiutasse da lontano, lei così presente, sempre; mi sentivo pure assai rattristata, nonostante l'affetto di tutti, per l'abbandono repentino e inaspettato e pure per il fatto che non ne avevamo tra noi mai parlato.

Come per tutti gli argomenti tristi che non venivano per me mai presi in considerazione da lei, m'aveva preservato dal pensiero del

distacco e fatto facilmente vivere quei sette anni insieme... Avevo così creduto eterno il rapporto con la mia balia e pensato che avrei, proprio io, saputo e potuto trattenerla in qualche modo, qualora m'avesse confidato di stare per morire.
Morire era un verbo che non avevamo mai coniugato durante i nostri compiti pomeridiani... Rosa e io eravamo ancora agli splendidi verbi della prima coniugazione come: amare, cantare, pregare, camminare, mangiare, giocare... Dato che eravamo solo in terza elementare. Ora però non ci sarebbero più state lezioni comuni. Ero sola. La seppellimmo il giorno dopo.
L'aria di aprile era cristallina, il sole quasi ardente, anche se la primavera era appena iniziata. Lungo il viale del Cimitero non facevo che guardare i miei calzettoni a rombi, che la mamma aveva acquistato al mercato, il venerdì prima. I colori mi distraevano dal dolore, come la geometria delle pietre della strada. Sapevo che presto quella piccola bara che camminava sulle spalle di quattro perso-

ne davanti a noi, sarebbe stata messa nella tomba della mia famiglia, vicino a quella della nonna e di mio padre. Rosa l'aveva chiesto da tanto: alla sua morte desiderava essere sepolta accanto a chi aveva amato per tutta la vita. Ora era legata a noi non solo nella vita ma pure nella morte.

Che bisognasse procedere così l'aveva detto la mamma ai parenti, durante la veglia funebre: «I desideri dei morenti sono ordini... Io le ho promesso questo e, del resto, Rosa fa parte della nostra famiglia da mezzo secolo, non vorrete mica che la faccia seppellire nella tomba comune della Confraternita della Misericordia e Morte!».

Ripercorrevo continuamente gli avvenimenti più importanti vissuti insieme in quegli anni, tanti piccoli gesti affettuosi mai dimenticati, il viaggetto che avevamo fatto con la mamma in Abruzzo per visitare il santuario di S. Gabriele, sotto il Gran Sasso e il dono d'un piatto di ceramica di Castelli che aveva assolutamente voluto acquistare per la casa e scelto per i colori degli alberi dipinti...

Quando più ci sarebbe stato un tempo insieme? Sarebbe mai ritornata? Quando m'avrebbe ancora coperto con lo scialle per ripararmi dalla neve? E con chi sarei andata al Trivio a comprare il miele o al Carmine a cogliere le more? E adesso dov'era? Vedeva quanto fossi triste? Sapeva quanto mi sentissi smarrita?
Mentre mi facevo tutte queste domande sapevo già che sulla terra non ci saremmo più incontrate. Solo l'anno successivo sarei stata ammessa alla S. Comunione per cui fino a quel momento non avrei potuto neppure avere la possibilità di un contatto spirituale con lei...
Mi rimanevano il dolore, il rimpianto e il disagio d'una perdita reale che nei bambini è pena abissale, muta e inconsolabile perché non legata ad un tempo reale ma dilatato.
La vidi sparire in quel foro quadrato che era la nostra tomba, sotto il porticato antico. La mamma, per consolarmi, diceva che non era sola la balia, che ora ritrovava tutte le persone che aveva amato prima di noi, quelle che appartenevano al suo passato e che io non ave-

vo mai visto, ma che per i suoi racconti, ogni giorno, in quella cucina dove avevamo vissuto insieme, erano state presenti nella loro nitida immagine mai sbiadita.

Nella settimana successiva fu rimessa in ordine la sua stanza; le sue lenzuola, i suoi vestiti, «il corredo» di cui l'aveva rifornita mia nonna fu dato alla sorella Elisa, che venne a trovarci e decise di non accettare gli unici tre oggetti di valore che erano appartenuti a Rosa: l'anello, la catenina con la medaglia dell'Immacolata e la collana di corallo, tutti doni ricevuti dai «suoi padroni», come diceva lei. La mamma fece reinfilare «il vezzo» di corallo e, con le tre pietre centrali, ideò con Sor Luigi, l'orafo, una spilla per me. Qualche giorno dopo andammo a portare i gioielli di Rosa al parroco per donarli al «tesoro» della nostra Madonna di S. Giovanni, la Madonna della Casetta, a cui la balia era molto devota.

Don Vincenzo ci ricevette nello studio, era sorpreso e compunto. Disse parole buone all'indirizzo della *Tardacina*, che chiamava imper-

territo per soprannome, ricordandola con frasi del genere: «Con tutto il male che le avevano fatto... È stata una donna esemplare» e ancora: «Quanta fedeltà nei confronti della vostra famiglia, ma si sa che i suoi padroni le avevano salvato due volte la vita!». Sulle scale poi, accompagnandoci, il prete pronunciò sottovoce un discorsetto alla mamma che mi giungeva strano, incomprensibile: «La violenza l'aveva ridotta ad una larva... Se il conte non fosse entrato in quella stalla... Luciano fu la sua salvezza e quando morì lo pianse come un figlio... veniva sempre a confessarsi!».
Rivolto a me poi, a voce più alta, disse: «Sei stata fortunata ad averla conosciuta pure tu. T'ha voluto tanto bene, più ancora di una nonna vera!» e mi mise in mano un santino di S. Domenico Savio, protettore dell'Azione Cattolica, da poco tempo.
Tornando verso casa, tempestavo mia madre di domande a cui lei non rispondeva, camminando e guardando avanti.
«Che violenza ha subito Rosa?». Violenza per me erano le botte, a quei tempi.

«Il nonno l'aveva forse trovata in una stalla, dove qualcuno l'aveva punita? Era stata cattiva?».
«Perché non me l'aveva mai raccontato?».
«Come mai i suoi parenti non l'avevano difesa?».
«E la sorella Elisa dov'era? Quanto tempo fa era successo, papà era già nato?».
Finalmente al mio ultimo: «Insomma, parlami» mentre armeggiava con le chiavi sul portone di casa, mamma rispose di non sapere proprio niente di niente e compresi pure che era vero perché era sconvolta quanto me e silenziosa come ogni volta che rimaneva impressionata da qualche avvenimento imprevisto. Evidentemente mai nessuno l'aveva illuminata sulla vita di Rosa, dando magari per scontato che conoscesse tutto il suo passato.
Trascorsero diversi anni e un giorno, che ero tornata a casa dall'Università, mentre mia madre appuntava al risvolto della mia giacca blu una spilla di corallo, per farmelo ricordare, mi chiese: «Sai di chi erano questi coralli?».
La risposta fu immediata: «Di Rosa, sono i

coralli centrali della collana che nonna le aveva regalato quando papà aveva cominciato a camminare» e con fare saccente aggiunsi: «Sono coralli del 1910, avranno pure un valore!». Ero orgogliosa di quella spilla.
Mamma sospirava, come quando voleva e non voleva dirmi qualcosa, al che l'apostrofai brutalmente con un: «Insomma, da chi era stata violentata? O solo bastonata? Non l'hai mai scoperto?».
«Purtroppo sì, so tutto» ribatté mia madre, che si mise perfino a sedere per raccontarmi meglio.
Mi misi anch'io a sedere, per dodici anni m'ero ogni tanto chiesta quale fosse stato il segreto di Rosa. Ora che avevo quasi vent'anni sapevo pure che volesse dire la parola violenza, quando si parla di una donna.
Mia madre molto delicatamente, com'era la sua maniera, spiegò che all'inizio del secolo la maggior parte dei campi di mio nonno era coltivata a grano e che per la mietitura, a giugno, arrivavano dalla Toscana dei braccianti perché la manodopera dei mezzadri non basta-

va mai. Questi lavoratori stagionali venivano ospitati nei casali dove poi prestavano la loro opera. L'ultimo giorno della mietitura del 1908 tre di loro stuprarono la più piccola delle figlie di *Tardacì*, vicino ad un fosso, dove l'avevano trascinata. Rosa era poco più che adolescente e, fisicamente, pure per la sua piccola statura, sembrava una bambina.

Era andata a portare da bere ai lavoranti e questo le era stato fatale, così i tre toscani, anche loro giovanissimi, dopo aver mandato giù l'acqua fresca dell'orcio, abusarono di lei, che siccome si dibatteva, tramortirono a pugni e calci. La ritrovò mezza morta la sorella Elisa, dopo averla cercata per tutta la vallata. La ripulì alla bell'e meglio, se la caricò sulle spalle e la riportò a casa, dove nessuno, proprio perché c'era la battitura del grano, s'era accorto della sua assenza. Elisa aveva raccontato a mia madre che mentre rientravano, i braccianti toscani, pagati poco prima dal conte, se ne partivano... A distanza di molti anni la sorella di Rosa ricordava le loro voci e la loro allegria mentre se ne andavano con le loro risate d'assassini.

La violenza causò una gravidanza. Quando i genitori di Rosa furono informati cacciarono di casa la loro figlia, considerata una svergognata, una poco di buono, colpevole solo di non aver gridato abbastanza forte per richiamare la loro attenzione. Fu mandata a vivere in una piccola stalla, con le pecore e gli agnelli... La sera i fratelli, a turno, le portavano da mangiare e da bere di nascosto. Se per caso sua madre la vedeva le tirava dei sassi, augurando la morte a lei e al suo «bastardo»! Il padre, quando scopriva i fratelli con qualche pane in mano, urlava e li rincorreva in campagna, pensando portassero cibo alla sorella più volte maledetta. Venne l'inverno e nevicò molto, il conte un pomeriggio passò a vedere se fosse tempo di mandare a uccidere i maiali. Mentre legava il cavallo, sentì un lamento venire dalla stalletta delle pecore. Pensò di non aver udito bene, ma siccome il pianto proseguiva, aprì il chiavistello. Scoprì così sulla paglia la figlia più piccola del contadino semidissanguata per una emorragia. La guardavano e la sentivano solo gli agnel-

li, perché nel loro recinto s'era trascinata a dormire. Mio nonno la portò all'ospedale dove Rosa partorì un bambino morto e dove trascorse tra la vita e la morte circa un mese. L'unica persona della sua famiglia che andava a trovarla era la sorella, i genitori si presentarono solo una volta e, siccome l'ammalata sembrava molto agitata, mio nonno li cacciò via, dicendo pure dure parole al loro indirizzo.
Quando, finalmente guarita, fu dimessa dall'ospedale, la *Tardacina* andò a casa dei padroni, per ringraziarli. Era molto debole, tossiva e certamente non era più adatta al lavoro dei campi. La contessa glielo disse subito e poiché stava per avere un bambino le spiegò che aveva bisogno d'una bambinaia per il figlio che già aveva e per quello che stava per nascere.
«Se vuoi qui c'è posto, Rosina, e noi ti tratteremo bene» aveva detto quella dolce signora, che da ragazza era stata definita «la più bella della provincia». Rosina aveva detto di sì con la testa e con il cuore e quella era sta-

ta la sua nuova famiglia. La vita era ritornata accettabile giorno per giorno, tutta la servitù aveva avuto l'ordine di tenerla in considerazione, di servirle i pasti abbondanti perché era in convalescenza, di farle bere il the con la contessa vecchia e con il bambino maggiore, che Rosa accompagnava all'asilo. Per il resto si occupava solo d'innaffiare i vasi delle terrazze e qualche volta aiutava Emma a pettinare la contessa giovane, che ebbe un bellissimo maschietto, a febbraio di quello stesso anno. Da quel momento Rosa diventò «la balia» di Luciano e quel bambino le restituì la voglia e la gioia di vivere. Lo lavava, lo vestiva e lo fasciava, con una abnegazione che divertiva perfino gli ironici padroni, che un giorno avevano detto: «ci vieterà perfino di baciarlo, per la paura che s'ammali!». Aveva infatti ricamato per lui una serie di bavette, tutte con la solita frase: «Non baciatemi». Lei però lo baciava e lo accarezzava dalla punta dei piedi fino alla bella testina senza capelli, ogni volta che poteva.

Mia madre indugiava nel racconto su questi particolari, intrecciando le confessioni della sorella Elisa ai ricordi e alle parole di sua suocera. Io ero così commossa e così triste per quello che era successo alla mia Rosina e per quello che l'avevano fatta soffrire, che mi misi duramente a dire: «Il nonno avrebbe dovuto denunciarli quei genitori maledetti. Se non fosse entrato lui nella stalla probabilmente la balia sarebbe morta allora, non sarebbe mai stata con noi, né avrebbe accudito papà e me».
Avevo così saputo il segreto di Rosa dopo molto tempo, senza averlo potuto condividere con lei, senza averle potuto dire quanto mi fosse dispiaciuto, senza aver potuto prendere tra le mie la sua piccola mano rugosa.
Ho un'unica fotografia che mi ritrae con Rosa. Siamo sulla porta di casa. Io sullo scalino sono alta come lei, con la gonna lunga e il grembiule nero. Ho tra i capelli ricci un fermaglio con piccole margherite. Ricordo che prima di farci scattare la fotografia mi ravviò i capelli e mi mise a posto il mio bel vestitino a quadretti azzurri.

Tengo sottobraccio la balia e lei con grazia mi tiene la mano, sorridendo leggermente. M'appoggio a quel braccio piccolino, incondizionatamente.
Ogni volta che guardo quel ritratto, scattato da un parente di passaggio, penso vi sia fissato tutto il nostro rapporto, alle porte di quella casa e in quella strada dove s'è svolta tanta parte della sua vita.
L'affetto, la generosa e tranquilla abnegazione che mi ha regalato, sono sempre nel mio pensiero insieme a quanto m'ha insegnato, perché è anche alla sua scuola che sono cresciuta. Il mio unico rimpianto è quello di non averla mai potuta ringraziare per quanto m'ha giorno per giorno donato della sua esperienza, della sua memoria, ma soprattutto del suo muto, gratuito e vero amore.

A casa

Meraviglioso
Essere a casa
In questa primavera

ISSA (KOBAYASHI YOTARO)

A casa, quando la mattina presto mi svegliavo, vedevo alla lieve luce che trapelava dalle persiane, i soffitti dipinti, le lunette con scene di satiri e ninfe, ruscelli e paesaggi d'acque. Le tende bianche, dato che le finestre non hanno mai chiuso bene, sempre si muovevano su cavalli alati e piccoli villaggi di palme, che osservavo da sotto in su, contenta della loro immobilità, dai bei colori vivi.
Lenzuola candide, nel letto alto, invitavano al sonno, cuscini ricamati recitavano «Buon Giorno» e «Buona Notte», eseguiti perfettamente a punto piatto, sotto la mia piccola testa. Perfino i dagherrotipi guardavano assorti, dai muri, riposi e risvegli, mentre i girasoli di legno del letto liberty mi facevano compagnia.
La stanza sembrava non aver misura, i mobili non avevano tempo, avvertivo presenze

accanto e intorno a me, perché forse chi aveva abitato in quel luogo cercava ancora uno spazio tra le sue mura.
Non ne avevo paura e neppure qualche timore giustificabile, perché l'armonia e la bellezza regnavano ovunque sovrane e mi davano tranquillità.
A casa c'erano pavimenti di mattoni, così rossi che tutti gli altri, al confronto, sembravano pallidi, parevano disegni sotto i miei piedi.
Le camere comunicanti erano poste in orizzontale, senza corridoi e avevano fine in una terrazza, non particolarmente grande ma piena di vasi scolpiti, terrecotte chiare di cinquant'anni prima, riempite di piante di sassifraghe, rose, amaryllis e grasse aloe, incredibilmente floride. Un oleandro giallo chiaro ombreggiava il lato della terrazza verso la strada e cassette di petunie dovevano essere la jungla per le grandi farfalle colorate che animavano l'ambiente per molti mesi dell'anno, insieme a piccole lucertole, prede preferite del gatto rosso.

Una bella scala portava a pianterreno, una scala con la balaustra di marmo. Uno dei pianerottoli era illuminato da un lampioncino di vetro di Murano, comperato dalla bisnonna inglese, che s'era sposata a Venezia col padre di mio nonno. Lavavamo quel lampioncino rosa scuro con religione, solo una volta all'anno, per le tradizionali pulizie di Pasqua e rimetterlo a posto era sempre un'impresa terribile... Se fosse andato in frantumi sarebbe stato un sacrilegio, veniva asciugato come fosse stato un bambino.

Anche verso la soffitta andava lo scalone, ma la tornata m'appariva così lunga che non tentavo mai d'avventurarmici, limitandomi a dargli delle occhiate.

A casa tutto veniva organizzato secondo le stagioni: finestre aperte per far entrare il sole di mattina, con le imposte chiuse per il fresco dei pomeriggi e delle sere estive, sbarrate d'autunno e d'inverno, quando già prima di Natale gelava l'acqua nei catini e apparivano ricami di ghiaccio ai vetri delle stanze non riscaldate. «Come in Russia» diceva ridendo mia madre, che ne controllava ogni anno lo spessore.

Le stufe e i camini cominciavano ad ardere ai «Santi», solo di sera: la legna tagliata e ben secca era nella rimessa e bisognava trasportarla in canestri capaci, dove riposava in bell'ordine. Il buon profumo dei ciocchi invadeva gli ambienti e il calore scaldava perfino le mura, dove m'avvicinavo con la seggiolina, per leggere in pace il «Corriere dei piccoli».

Se il tempo era buono uscivo per andare a camminare con qualsiasi scusa, prestandomi per piccole faccende, per incontrare le amiche. Mi perdevo già allora nei panorami, scrutavo attenta ogni mutamento. Quasi con struggimento ero richiamata dalle tinte stagionali delle colline e dalla natura che mi circondava in tutto il suo splendore.

A casa, anche nelle piccole cose, c'era un ordine antico, quasi un codice segreto e sottinteso che passava già negli sguardi e pure nella volontà dell'accordarsi, un ordine poggiato sull'affetto, sull'ironia, sui doveri, che

affrontati così diventavano, senza che me ne accorgessi, mai pesi ma piaceri.
La legge che ci univa era la stessa che muoveva l'universo perché era quella dell'amore condiviso, basata sempre sulla possibilità di scelta e di dialogo, altre leggi che seguivano la prima erano la calma e la ricerca sempre del buono e del bello.
Mia madre era la più piccola di sette fratelli, tre zie e tre zii che avevano tra loro, indipendentemente dalle famiglie che si erano formati, un rapporto di serenità indimenticabile, quasi di fede. Nonostante le dure prove della vita che avevano affrontato insieme, c'era tra loro un patto solidale d'affetto così esplicito che arrivava a riguardare ogni cosa: dai pensieri ai discorsi, alle ricette di cucina, alle vacanze dei figli e ai loro studi, alle letture, alle spese.
Tutto però era sempre vissuto con eleganza leggera e un'incredibile gioia che ci avvolgeva impalpabile ma presente.
Era il tempo delle marmellate che bollivano in grandi pentole, dei pomodori in bottiglia,

dei panini per le gite con la frittata alta e il salame, degli impegni casalinghi e delle lunghe lezioni di pianoforte, dei fiori da portare in chiesa al mese di maggio, delle passeggiate in campagna con Giuditta e Cecilia. Era il tempo pure della sarta in casa. Veniva per giornate intere e con bravura tagliava e poi cuciva tutto con la *Singer* della nonna: dalle tendine nuove ai miei cappottini blu, col colletto di velluto e i bottoni d'oro con l'ancoretta, ai *tailleurs* invariabilmente neri della mamma, che tolse il lutto dopo più di vent'anni dalla morte di papà, per la mia cena di laurea. Erano sarte dai nomi pomposi come Fernanda e Lauretta che in occasione d'un matrimonio in cui cucirono tutti i vestiti, compreso quello della sposa, rimasero per una settimana intera, anche a pranzo, da noi.

A casa c'era sempre aria di festa, non solo la domenica quando spesso ci si riuniva. Bastava venisse qualcuno «in visita» o anche solo le donne a lavare, o una compagna di scuola per i compiti o a giocare, per non sentirsi soli in quelle grandi stanze. La severità degli ambienti dagli alti soffitti, i visi che guardavano dai quadri, il numero incredibile di libri raccolti da quattro generazioni, non impaurivano chi veniva a trovarci, perché l'accoglienza era la regina di quel luogo, dove un giorno aveva regnato la musica e nelle cui stanze molti ritratti d'ogni dimensione, perennemente sorridenti, fungevano da numi tutelari.

A casa non c'erano mai sotterfugi, se c'erano problemi ci si sedeva alla grande tavola e si discuteva, anche animatamente, di ogni probabile soluzione.

C'era sempre da mangiare per chiunque arrivasse all'improvviso. Venivano servite con il the bollente, in grandi vassoi, le *brioches* e le fette dei ciambellotti al forno della mamma, arricchiti con la cotognata che splendeva rosso-scura nei grandi barattoli di vetro molato della dispensa-armadio, dalle ante grandi quanto un portone.

Come in una biblioteca particolare i prodotti della terra erano conservati allineati e costi-

tuivano una tavolozza di colori che iniziava con i pomodori a pezzetti, con le passate e le conserve e proseguiva con i peperoni, le giardiniere, le melanzane e i carciofetti, immersi a testa in giù nell'olio d'oliva.
Le confetture invece erano in alto e venivano usate in particolari momenti e preparazioni. Per le crostate, ad esempio, solo quelle di prugne o di «visciole», ciliegie amare; per l'uso quotidiano invece erano riservate le composte di pesche e di mele cotogne, mentre quella d'uva veniva con grande fatica preparata per il dolce tradizionale di Natale, il nostro *frestingo*, di frutta secca, che per me era sempre il più buono di tutte le specialità tradizionali.
La ricchezza di quella dispensa costituiva la nostra sicurezza per affrontare l'inverno, insieme ai prodotti del maiale, alle galline e alle loro uova e ai graticci di patate e di mele di ogni dimensione e qualità, che invece erano conservate a pianterreno e di cui sento ancora il delicato profumo, anche nel ricordo.

A casa veniva in vacanza da Reggio Calabria e poi da Teramo, dove l'avevano portata i trasferimenti del padre, ingegnere del Genio, mia cugina Francesca che tutti noi chiamavamo Franchina.
Aveva quattro anni più di me e mi sembrava bellissima, perché sempre aggraziata, cittadina e quindi piena di novità ai miei occhi. A volte mi trattava con sufficienza, altre con protezione e amabilità, altre ancora mi raccontava le sue confidenze, mentre leggevamo serenamente sedute in terrazza.
Franchina era bravissima a scuola e, alle elementari, scriveva già temi di molte pagine che mi leggeva a voce alta, tutta compunta, e che io ascoltavo con ammirazione. Disegnava inoltre paesaggi molto idillici con alberi fioriti, casette con steccati e pecorelle che mi piacevano enormemente. Aveva due trecce nere e folte che le incorniciavano il viso, ed era sempre portata dalle zie di esempio perché non si sporcava mai; in ogni occasione i suoi calzettini bianchi rimanevano fino a sera immacolati, intatti e perfetti, perfino se si andava

in campagna, nelle belle scarpette sempre lucide… al contrario dei miei che dopo dieci minuti erano già sporchi!
Nonostante le molte differenze di carattere m'appoggiavo molto a mia cugina per la complicità che riusciva ad avere con una bambina in fondo più piccola di alcuni anni.
Con lei ho portato a termine imprese gloriose della mia infanzia come il bagno alla gatta Greta nel catino, che ci lasciò numerosi segni di disappunto sulle mani e sulle braccia. A undici anni ho fumato con Francesca la mia prima sigaretta, un'*Edelweiss* del suo papà, che con molti colpi di tosse aspirammo affacciate alla finestra del secondo piano della sua casa per non farci scoprire da nessuno. Una gara di fichi ci vide antagoniste su due alberi gemelli, per una mangiata pantagruelica, mentre il morbillo ci rese ancora più amiche, malate nello stesso grande letto, in un mese di luglio assai afoso.
A casa avevo dei bei libri, prima di frequentare le elementari già li conoscevo a memoria, per le tante volte che adulti pazienti me li avevano letti e riletti.

Capitan Uncino, Peter Pan, Rosa Spina, Cenerentola e Pollicino diventarono i miei amici; il mondo di Pelle d'Asino, la casa dei sette nani nella foresta e quella di Botton d'Oro, il bosco di Cappuccetto Rosso, lo stagno del brutto anatroccolo, furono i luoghi amati della mia fantasia, dove mi muovevo con disinvoltura e che non avevano segreti per me. Nelle lunghe influenze o durante le tonsilliti che mi tenevano molto tempo a letto, la zia Nina, Carla, Lori o Irna si avvicendavano in queste incomparabili letture, quando la febbre saliva e saliva, soprattutto quando scendeva la sera. Allora non c'erano più barriere tra la favola e la realtà: ero la Bella Addormentata quando la mamma veniva finalmente a baciarmi per la buona notte, ero Pippi che mangiava la zuppa di pane e latte nella grande tazza in cui era raffigurato un giardino incantato. Guardavo gli scarponi del medico, che passava a farmi la visita serale, e mi sentivo in compagnia del Gatto con gli Stivali, mangiavo un panino al prosciutto e diventavo Gian Burrasca, scoprivo i resti della cena sul vassoio e subito pensavo ai desideri della Piccola Fiammiferaia, guardavo i fiori della caraffa ed ero la dolce Ida, protagonista della favola di Andersen che amavo più delle altre. I miei sogni agitati per la febbre erano popolati da soldatini di stagno, principi felici e bambini-stella, così vicini sempre da poterli toccare, per non parlare del pifferaio che portava gli odiati topi nel fiume, liberando la città.

A casa dover andare a dormire era il momento meno desiderato della giornata. Concludere le sere nella mia grande stanza da sola era terribile e noioso. Da sempre dormivo poco e da sempre mi si diceva di pregare, di starmene tranquilla, quando fossi andata a letto, così il sonno sarebbe venuto a ristorarmi della stanchezza. I libri di favole mi facevano compagnia finché guardavo e riguardavo le belle figure colorate, rimanendone estasiata.

Il mio desiderio più grande era da sempre quello di saper leggere: volevo conoscere nei minimi particolari le avventure di Hansel e Gretel, ripetere le parole della strega che li teneva prigionieri, percorrere la sua casa dai tetti di cioccolata, dai davanzali di biscotti e dai vetri di marzapane. Amavo tanto anche la fiaba di Biancaneve, la sua cucina dove viveva cantando e facendo le torte di mele, mentre i nani erano a lavoro. Indugiavo nei particolari, finché voltare le pagine diventava un'impresa pesante e la testa cadeva all'indietro. La mamma mi ritrovava così ogni mattina, quando veniva a svegliarmi e invariabilmente mi rimproverava per il disordine e le ore perse, rubate al riposo. Per vincere l'insonnia pensavo e ripensavo alle cose belle che magari avevo vissuto nell'arco della giornata, da sola o con le cugine, rivedevo con la mente le strade di campagna, gli ambienti che magari m'erano piaciuti, i consigli delle persone amate, li risentivo all'infinito... Ma non c'era verso: gli occhi non si chiudevano e i sogni non arrivavano. Stavo per molto tempo in quello stato e mi sentivo sola. Durante il giorno era più facile nasconderlo ma la sera il sasso diventava macigno e pesava, pesava... finché non vedevo più nulla.

A casa ero l'unica bambina. Sapevo che non avrei mai avuto dei fratelli. Papà era morto e la mamma mi ripeteva, ogni volta che glielo chiedevo, che non si sarebbe risposata e che quindi non avrebbe avuto altri figli. La solitudine in un bambino non è meno penosa che in una persona adulta, cercavo di non pensarci, ma non era piacevole non condividere mai niente con nessuno, dalle risate alle uova di cioccolata. Parlare con gli animali di pezza, con le bambole e con il gatto Balino era la norma quotidiana. Me ne vergognavo, ma lo facevo. Venivo pure rimproverata per questo ma non c'era verso...

Ci ricadevo sempre. Il depositario dei miei segreti era un orso marrone di nome Teodoro, che di solito dormiva in armadio, con molte bambole.

Ero socievole e con gli altri bambini mi sentivo felice; intrecciavo amicizie con chiunque venisse a casa ma soprattutto con le figlie delle donne che venivano a lavare. Andavo a giocare in strada a «pesto» e a «corda» con gran dissenso della mamma; alla fine però tutte le mie compagne di qualche pomeriggio allegro andavano via, stringendo la mano del fratello piccolo o della sorella più grande, mentre io sullo scalino del portone li guardavo dileguarsi. Mi chiedevo sempre se sarebbero tornati, se ero stata abbastanza buona con loro, se qualche volta si ricordavano di me, proprio come facevo io... Tutte fantasticherie che mi prendevano ore e mi rendevano silenziosa e distratta, proprio perché non avevano riscontri. Non avrei mai chiesto niente ad Antonietta o a Giovanna di quello che provavano nei miei confronti, però le pensavo spesso e mi mancavano soprattutto quando giocavo da sola.

A quattro anni andai finalmente a scuola, al «Giardino dell'infanzia». La mia maestra Nicla era una donna bellissima: con la frangetta, sembrava un'attrice francese. Finalmente ebbi dei compagni di classe e di vita e, a quel punto, non fu facile condividere con loro la giornata, l'attenzione dell'insegnante e i pochi giocattoli che c'erano, primo fra tutti un triciclo di ferro, rosso fiammante, sul quale m'aggiravo con piglio fiero, nei corridoi dell'asilo o nel giardino dove ci portavano a giocare, nel pomeriggio.

Ero molto attratta pure dalle carte del «Mercante in fiera», gioco che non avevo a casa, per le belle illustrazioni che mi distraevano, facendomi perdere.

A casa, quando la mamma preparava qualcosa di particolarmente buono, come la polenta o le tagliatelle, la mia compagna Laura, che era anche una parente, veniva invitata a pranzo. Sempre l'accompagnavo poi «fuori porta», dove viveva in una bella villetta con sei tra fratelli e sorelle, che sapevano organizzare complicati giochi, a me ancora sconosciuti, come «campana» o «cucuzzaro», per cui occorrevano parecchi partecipanti. A volte con Laura o con sua sorella Ida sfogliavamo insieme i libri della «Scala d'oro», che erano su una scaffalatura, ad altezza di bambino, nell'ingresso, ma il più delle volte ci divertivamo a saltare nello spiazzo davanti al suo giardino. Nelle primavere interminabili di quegli anni, per i tigli in fiore del vialone, eravamo

immerse in una nuvola di profumo e i giochi erano così felici che non litigavamo mai.
All'aperto mi sentivo libera e piena di progetti magnifici per il futuro: avrei fatto l'esploratrice in qualche foresta del Borneo con mia cugina e avremmo dato i nostri nomi a fiori e ad animali sconosciuti.
Laura aveva un vialetto recintato, dove le bulbose fiorivano già in febbraio perché tutte esposte al sole: giunchiglie gialle, piccoli iris azzurri e bucaneve spuntavano improvvisi tra acanti e cespugli d'oleandro, creando le chiazze di colore che tanto mi piacevano. Aveva il padre Direttore del Corso di Avviamento al Lavoro di tipo agrario e una mamma gentile, cugina della mia. In quel giardino iniziammo ad esplorare il mondo: dalle formiche alle api, alle lumache e alle piante.
Laura aveva tante abilità che io ignoravo e per questo forse mi piaceva tanto. Era curiosa e sempre allegra, aveva la conoscenza dei luoghi segreti del muschio più verde e dei pezzi di legno più belli per il presepe.

Sapeva inoltre dove trovare i ciclamini, le primule e il pungitopo dalle belle palline rosse, nella Selva dei Frati Cappuccini e, avendo forse solo un anno più di me, sembrava già sicura e indipendente. Con tutta la sua famiglia andavamo a fare un pic-nic in campagna, quasi sempre nella zona di Capo di Termine o sopra i nostri terreni confinanti, nei giorni successivi alla Pasqua.
Grazie a suo fratello Eugenio ho imparato ad andare in bicicletta nel viale del Cimitero. La paura dello stare in bilico solo su due ruote fu vinta dalla gioia che vedevo dipinta negli occhi neri di Laura, mentre aspettava il suo turno per il giro.
Pareva che quei pomeriggi fossero fuori dal tempo e mi piaceva che lo fossero perché non avrei mai voluto che avessero fine. Una Torpado azzurra era la nostra felicità.
A casa c'era una grande dignità, un rispetto della vita degli altri e dei loro problemi, che non ho più incontrato. Mia madre non mi educava a parole ma con l'esempio. Di poveri allora ce n'erano tanti e lei se ne occupava come

di suoi familiari; andare a fare le punture nelle case, spesso le più diroccate e fredde, in fondo al paese, scrivere i moduli per mandare i bambini di donne analfabete in colonia, far visitare gratuitamente al medico dei padri di famiglia che dovevano partire per il Sanatorio, costituivano per la signora Bianca il pane quotidiano. Era una donna coraggiosa che più di qualche volta redarguì con la sua ferma gentilezza sanitari e preti per i suoi poveri, che personalmente riforniva di legna e farina, d'olio, ceci e fagioli. La mamma dava piccoli lavori a chiunque glieli chiedesse, come pulizie, lavaggi, tagli di legna; in vendemmia o durante la mietitura e la battitura, assumeva braccianti che avevano bisogno di portare a casa un buon salario, facendo stabilire loro il prezzo. Il più generoso gesto però che le ho visto fare fu quando andò a Milano, al capezzale di suo fratello Peppino, a curarlo per quindici giorni, per un bruttissimo infarto.

Non appena le condizioni di salute lo permisero noleggiò un'autoambulanza e lo portò a casa, dove lo ospitò per dieci anni, circondandolo d'ogni premura e gentilezza. Prima di partire, preparando la valigia, la mamma lapidariamente disse: «Penserai che sono cattiva a lasciarti sola qui, ma hai dodici anni e verrà la zia a dormire con te, la sera. Se non andassi ora a Milano sarebbe stato inutile in tutta la mia vita frequentare ogni giorno la chiesa, penserei d'essere sempre andata a scaldare il banco. Mio fratello è solo, non ha una famiglia, vado a visitarlo e a curarlo e poi lo porterò qui, a casa, a vivere con noi. In mia assenza, cerca di fare il tuo dovere a scuola, studia almeno due ore il piano, ogni giorno, prepara un bel presepe, perché se tutto andrà bene, torneremo prima di Natale. Dovrai far tutto da sola ma te la caverai benissimo, io lo so».

Quelle due settimane furono davvero lunghe, la stufa si spegneva sempre e nevicò molto, ma la scuola andò benissimo, presi diversi bei voti e forse allestii uno dei più bei presepi della mia vita. Mia madre telefonò solo due volte: una per dire che era arrivata e

un'altra per raccomandarsi d'accendere stufe e camini, per trovare la casa calda al suo arrivo con lo zio. Come ogni volta che veniva ubbidita, trovando tutto a posto, m'abbracciava e diceva qualche parola di lode. Quella volta mi sussurrò in testa un: «Sono tanto stanca», ma poi si riprese subito, offrì da mangiare e bere ai ragazzi dell'autoambulanza, cominciò a ricevere i parenti che arrivavano per salutare lo zio redivivo, lodò la pulizia degli ambienti.
A casa, da quella sera cambiarono alcune cose: non solo ci arricchimmo di almeno il doppio dei libri che già avevamo, ma arrivarono presto alcuni quadri nuovi alle pareti, tutti di pittori amici, che poi erano diventati famosi e qualche mobile mai visto prima.
Con le abitudini milanesi ci fu una diversa scansione della vita perché molte persone iniziarono a frequentarci, alcuni parenti e vari estimatori passavano quasi giornalmente a trovare il «Professore» malato. Il loro affetto era commovente. Salivano le nostre scale gli elementi più disparati: antichi compagni

di scuola dello zio che erano maestri, commercianti, muratori, pittori e scultori... Per non parlare di due «ordinari» delle vicine Università d'Urbino e Macerata che, prima di venire, mandavano telegrammi gentili. Frati francescani e prelati dai mantelli fruscianti, avendo saputo dell'arrivo a casa di Peppino, passavano a trovarlo, dopo aver mandato magari pomposi biglietti, che io leggevo all'ammalato con molta enfasi, per farlo ridere. Lo ammiravano perché conosceva l'aramaico, la lingua di Gesù, molto bene e perché conosceva il papa.
Dal suo letto lo zio mi raccontava aneddoti e storielle divertenti su chi stava per arrivare, ma sempre con grande gentilezza, con una signorilità che non avevo mai conosciuto in nessuno prima di lui. M'insegnò così l'ironia.
Dopo un primo momento d'assestamento fui incaricata di introdurre le visite nella sua stanza. Arrivavano tutte di pomeriggio, periodo della giornata in cui il «Professore» era quasi sempre di buon umore, essendo di carattere

molto lunatico e nervoso. Di mattina era intrattabile. Solo la mamma lo sopportava. Con diversi cuscini alle spalle, gli occhiali perennemente a mezz'asta, leggeva semisommerso da giornali e libri, finché non ci permetteva di sistemarlo. Invariabilmente chiedeva: «Chi verrà oggi?» ed io gli rivelavo l'arcano, comprese le telefonate ricevute.
Metteva, a quel punto, poche gocce di profumo nel suo fazzoletto di lino e la stanza si riempiva d'aroma di sandalo. A volte mi chiedeva un pezzetto di cioccolata amara o una gelatina di frutta, sempre a portata di mano, dato che era un celebre inappetente, che si limitava ad assaggiare, invece che a mangiare, insomma un vero buongustaio, che faceva disperare chi gli cucinava i pasti. Per l'aperitivo settimanale col Maestro Armando, ad esempio, venivano preparate sempre piccole tartine che l'amico mangiava solo, perché lo zio si limitava a due olive di numero e fritte.
A casa, finché c'erano le visite, doveva esserci silenzio, così io di solito uscivo a camminare, mentre mia madre terminava i suoi

lavori o si metteva tranquilla a ricamare al telaio una delle sue splendide tovaglie.
Per tutto quell'anno ci fu un andirivieni infinito e vario di gente di tutti i tipi, poi un giorno, con il suo humour terribile, lo zio ci capitò alle spalle, perché ormai si muoveva da solo in vestaglia per le stanze, concludendo con: «Visto che non sono morto, hanno finalmente tutti diradato le visite, forse adesso comincerà ad esserci più tranquillità qui».
Ridemmo moltissimo a quella battuta. Lavoravamo alla lista degli ingredienti per il pranzo di Natale.
L'anno 1964 era volato via e presto ce ne sarebbe stato un altro, tutto nuovo. Pensavo a questo mentre allineavo poi sulla tavola, in file da dieci, i cappelletti per le feste più belle, che riunivano a casa tante persone care, che di sicuro sarebbero venute per la gioia di stare insieme a noi.
A differenza dell'anno precedente, in cui eravamo molto preoccupati per la salute dello zio, il Natale che si stava avvicinando sarebbe stato veramente felice.

A casa, c'era stata una guarigione, dovuta all'amore, alle cure e soprattutto all'ambiente sereno che ci circondava, per cui quando giocava a carte, a tombola o a ramino e... quasi sempre perdeva, lo zio era solito ripetere: «Fortunato in amor non giochi a carte». Ripagava così, sorridendo, l'accoglienza e l'affetto della sorella che lo seguiva e lo proteggeva come un bambino. Da quel periodo in poi solo Giorgio, il più fedele dei suoi amici, veniva a trovarlo. Le loro conversazioni storiche duravano pomeriggi interi, le loro ricerche mesi... Un grande affetto li legava con la stima reciproca.

A casa c'erano grandi tele che ornavano le pareti.

Rappresentavano le arti, le ninfe, allegorie, muse, santi, crocefissioni, apoteosi e deposizioni. In un salottino i ritratti dei nonni da giovani, mi scrutavano con i loro bellissimi visi. Sembravano guardar dentro i miei occhi fino in fondo. All'ingresso c'era invece il quadro del bisnonno in posa, in un paesaggio fantastico, di cui io apprezzavo soprattutto il

cavallo che montava e poi quello d'un cardinale del 1600, fratello d'un lontano avo, che era stato perfino vicino ad essere papa e che per me era solo una macchia rosso cupo sul muro della stanza, in fondo.
Nei tavolinetti sparsi ovunque, belle bomboniere, spesso scatole, confermavano i matrimoni di parenti di passate generazioni, fossero di ceramica o d'argento erano tutto quello che restava di tante coppie di persone che non c'erano più ormai, come tutti quei libri di musica del nonno e di papà, spartiti ed opere che nessuno suonava mai, che nessuno neppure apriva. Mia madre credo si limitasse solo a spolverarli, forse qualche volta, passando, li guardava e li sfogliava, ma non ne sono certa.
A casa, a quei tempi, non consideravo affatto i bei mobili o i numerosi, importanti quadri appesi alle pareti. Ero perennemente attratta invece dai vasi: di cristallo, di vetro, di porcellana o anche di povera terracotta, che erano disseminati ovunque. Li riempivamo sempre di fiori di stagione o che trovavamo

in campagna, facilmente. Rami, steli più o meno lunghi, spighe, cardi e semprevivi, venivano divisi in composizioni dai bei colori, che spesso seccavano naturalmente.

Dovunque andasse, nei suoi piccoli viaggi, mia madre riportava vasi e piatti da portata. Da Ascoli, da Castelli, ma pure da Assisi, da Norcia, da Roma e da Siena, tornava tutta sorridente, con imballi di veline che teneva tra le mani con attenzione e che poi, con molta lentezza e per meravigliarci, scartava raccontandoci il luogo e il perché dell'acquisto, che l'aveva colpita subito per la forma particolare o per la bellezza speciale o per il luogo dove l'aveva scovato. Quando poi riceveva qualche apprezzamento di qualche ospite sul piatto di Castelli su cui poggiava la crostata o sul vaso di Spoleto su cui deponeva i gladioli a raggiera, era capace di dire: «Ma sì, l'ho preso perché in quel negozio non c'erano turisti che compravano e la signora era così carina...».

Mia madre era così, tradizionale e rivoluzionaria allo stesso tempo. Era una donna indipendente, in tempi in cui le donne non gestivano nulla e che, vedova giovanissima, aveva deciso di condurre con molta oculatezza quanto aveva ereditato, dedicandosi con una generosità senza pari alla casa, alla figlia e ai suoi familiari.

Mamma era molto religiosa, andava in chiesa due volte al giorno, ma non imponeva mai, pur essendo coerente alla sua fede assoluta, il suo cristianesimo. Non faceva mai pesare la sua coerenza ed era di una forza morale trascinante. Ad una persona che una volta glielo faceva notare rispose ferma: «La fede è un dono che io ho sempre avuto, sono fortunata e lo so... Se lei non ha provato quest'esperienza non può parlare così... Pregherò perché qualcosa si muova nel suo cuore».

Quando tornava dalla chiesa mia madre dalla cucina diceva a voce alta: «Sono a casa, a casa» e batteva più volte le mani, come a richiamare la mia attenzione che dormivo a quattro stanze di distanza, ma con le porte aperte. Questo applauso m'ha svegliato per molti anni. Sentendolo sapevo che la colazione era già pronta sul tavolo e che prima d'andare a scuola avrei avuto un rapido bacio, un: «A che ora hai spento la luce, stanotte?» e, alle mie non risposte, qualche ironico commento mentre preparava il mio uovo «sbattuto». Il tuorlo con lo zucchero e il caffellatte per mandarlo giù era la ricca colazione prima della scuola.

A casa ho ricordato eventi molto dolorosi e che non ho mai dimenticato, come la veglia funebre dopo la morte di mio zio, esposto nello studio.

Mettemmo, come aveva chiesto, in grandi vasi, mazzi di ginestre e alloro; era la fine di maggio e il cielo era nero di voli di rondini. Quando ormai sembrava stesse bene, guarito da una banale febbre, morì all'improvviso nel suo letto, mentre leggeva in greco S. Giovanni. Fu uno strappo crudele e il dolore che ci attraversò fu molto forte.

Non è vero che all'interno d'una famiglia tutti sono necessari ma nessuno indispensabile, come dice un banale adagio. Alcune persone sono invece uniche e quando non ci sono più non si può che rimpiangerle per sempre, anche se la pena può lenirsi con il passare del tempo. Ogni lutto è uno strappo senza rimedio.

A casa venivano persone delle più varie estrazioni sociali: musicisti, vicini bisognosi, ospiti, parenti, letterati. I contadini che lavoravano a «mezzadria» nelle nostre campagne, portavano il giovedì e la domenica la verdura, la frutta e le uova fresche.

Molti di essi e, in qualche caso, addirittura i loro genitori, erano nati nei terreni della famiglia di mia madre, ai tempi dei nonni materni. A differenza di altri casi che conoscevamo, i nostri «coloni», essendo stati trattati sempre giustamente e con grande rispetto, ci volevano bene, non erano costretti a rubare e avevano soprattutto nei confronti della signora Bianca una venerazione. A conferma di questo, quando la mamma morì furono tra i primi a venire all'obitorio di Ascoli Piceno con il vestito della festa, la camicia bianca, il cappello in mano e lacrime vere agli occhi. Recitando rosari finché non chiusero le porte per la notte, raccontavano con la presenza il loro dolore, il loro sincero affetto. Non avevano coraggio neppure d'abbracciarmi. Piangevano con me, come me, da figli.

A casa gli ospiti erano quelli occasionali o abituali. Poteva capitare un melomane estimatore di mio padre, giungere all'improvviso il segretario d'un vescovo amico dello zio, telefonare un'antica compagna di collegio della mamma... e subito era festa! S'organizzavano con gioia un pranzo o una cena, si preparava una stanza con le lenzuola ricamate e di bucato nel letto, venivano approntati per il bagno gli asciugamani di lino sottile. Le persone venivano messe a proprio agio, nella tranquillità piena di una convivialità serena e condivisa.

Ospite fissa, invece, soprattutto dopo la morte dello zio Franco, era zia Jolanda, che viveva ad Alessandria d'Egitto e che veniva a casa in settembre, ogni due, tre anni. Era una strana donna, che nel nostro immaginario somigliava alla Sfinge e che spesso criticavamo per la sua proverbiale avarizia. Non aveva avuto figli e viveva sempre come se da un momento all'altro stesse per scoppiare la guerra. Faceva incetta, ogni volta che tornava in Italia, di fiammiferi, sale grosso e scatolami e, con le valigie piene di queste cose, passava a trovare i parenti nelle Marche e in Lombardia, prima di reimbarcarsi a Genova. Sosteneva pure che in Egitto la vita fosse costosissima e che mancavano sempre le cose basilari che tanto le piacevano e di cui si riforniva da noi. Ci portava in dono sempre le stesse incredibili cose: piattini d'ottone con, a sbalzo, le immagini di faraoni, dolci ebraici, pistacchi e cotoni. Matassine di cotone egiziano invadevano la casa con gran gioia di mia madre che poi le usava per i lavori all'uncinetto, per il *filet* e per i suoi celebri, raffinatissimi ricami in bianco.

Le frasi più ricorrenti della zia Jolanda erano: «Buona fortuna» o: «Se son rose fioriranno». Intercalava all'italiano espressioni francesi buffissime come: «*Pouvre de moi*» o «*Très jolie*», che davano ai suoi, più che discorsi, interrogatori, quell'aria esotica che mi colpiva tanto.

Diceva seria che studiavo troppo, che alla mia età era «proficuo» che andassi a giocare a tennis e amenità analoghe... Io l'ascoltavo e poi me ne fuggivo per i miei giri solitari in campagna, che nessuno approvava. Il mio amore nei confronti della terra e del paesaggio non era condiviso. A quei tempi sembrava una vera stranezza, quasi un'evasione, andare fuori le mura, invece che passeggiare per il «corso».

A casa le finestre guardavano dal lato nord su una via che portava il nome della mia famiglia, dal lato sud il paesaggio s'apriva sul resto del borgo che aveva, come fondale, alle spalle, la grande «Selva» della comunità dei Padri Cappuccini, custodi del nostro antico Cimitero. La Selva era un ricchissimo bosco mediterraneo di querce, lecci, pini e castagni: un polmone verde e intoccabile, bello in ogni stagione, vivo per il mormorio del vento che lo visitava.

Soprattutto d'autunno e d'inverno la Selva aveva questa voce che durante la notte interrompeva spesso il mio sonno leggero. Quante volte all'alba mi sono persa a guardare i movimenti della bora o della tramontana che spazzavano le foglie secche e i rami fragili che non avrebbero potuto sopportare il gelo e il freddo. Spesso mi sentivo anch'io come uno di quei piccoli tassi, un pino dagli aghi fitti, una giovane quercia, un agrifoglio dalle belle bacche rosse, quando passava la raffica del vento...

Tutto poi si placava e tornava il sereno. Era bello a quel punto ammirare i colori che variavano dal verde al giallo, all'ocra, al marrone ramato e perfino all'amaranto di qualche acero silvestre. Era incredibile l'incanto della Selva anche d'inverno, quand'era piena di neve o in primavera quando i verdi di tutte le gamme riempivano gli occhi.

A casa c'era l'abitudine delle visite, dello scambio, almeno quattro volte all'anno, d'incontri anche abbastanza formali, con parenti e amici che non s'occupavano di noi in nessun modo, ma che s'offendevano se non avevano la possibilità di venire a curiosare. M'annoiavo a morte di quelle visite e non vedevo l'ora che finissero, anche perché per la gioia di tutti dovevo sempre deliziare la compagnia con qualche difficile suonatina al pianoforte. Andavo sempre volentieri invece dalla mia madrina. Due, tre volte la settimana, di pomeriggio, bussavo al grande portone dell'unica sorella di mia nonna, che si chiamava Margherita, in onore dell'antica regina d'Italia. La sua donna di servizio, Vincenzina, regina delle tagliatelle fatte a mano, m'apriva e m'introduceva nel soggiorno della zia che aveva un grande armadio, nella parete di fondo, di vetro molato e dipinto a ornati, che a me pareva stupendo.

Quella stanza, dove mi sentivo accolta come la persona più importante del mondo, era incantevole, forse perché la tranquillità della zia mi rasserenava molto e di sicuro perché era da lei che avevo imparato tante cose: dal gioco delle carte all'ascolto in silenzio delle commedie alla radio. Invariabilmente la mia «comare» mi faceva leggere qualcosa di simpatico e divertente, a voce alta, con la scusa di non vederci proprio tanto bene e dandomi sempre molta attenzione. Raccontava tante cose del passato, della vita dei miei nonni e del mio papà, per il quale aveva provato tanto affetto e, con qualsiasi tempo, alle cinque mi portava alla «funzione» in Duomo, che era la nostra parrocchia, o nella chiesa di S. Rocco, detta dei Sacconi, vicino alla farmacia di famiglia.

La zia Margherita apparteneva a una stirpe di chimici e farmacisti e pure lei da giovane e prima di sposarsi aveva aiutato a «fare le medicine», dosando polverine sulle ostie. Suo padre prima e suo fratello Riccardo poi erano bravissimi nel loro lavoro. I racconti della preparazione dei farmaci mi piacevano moltissimo come l'immagine di lei e di mia nonna ragazze che preparavano le cartine e le cialde per la popolazione di Ripa e dintorni.

«La comare» era di solito una persona autoritaria e forte, ma con me era perfino tenera e lo dimostrava in molte maniere: mi copriva con la sciarpa quando stavamo per uscire, mi confezionava con i ferri da calza i guanti di lana, conoscendo la mia propensione ai geloni, m'ascoltava e mi rispettava come se fossi stata una persona grande, anche a cinque, sei anni e soprattutto non mi faceva sentire il peso delle aspettative che aveva nei miei confronti.

Terminate le nostre preghiere in chiesa andavamo quasi sempre a trovare lo zio Riccardo in farmacia, un uomo molto taciturno e ancora bellissimo, che in una stanza del retrobottega disponeva di un gran bigliardo, suo divertimento preferito nelle pause del proprio lavoro. Abitualmente lo zio mi dava una piccola mancia e pure le caramelle d'orzo, ma nelle ricorrenze erano le cinquecento lire d'argento, di solito due, tre pezzi che mi passava ridendo nella tasca con un gioco di prestigio delle mani, che non sono mai riuscita a capire. Lo zio Riccardo era un uomo straordinario: scrutava le stelle da una terrazza alta, in cima alla sua casa e, a tempo perso, dipingeva a olio tramonti e albe, che osservava dalle sue finestre «da bora».

Era pure un cacciatore, un estimatore della carne rossa e dei vini buoni, d'annata. Sem-

brava un burbero invece era sensibilissimo e molto gentile. Amava l'opera e il teatro, da giovane si era pure esibito come attore e tutti ricordavano le sue interpretazioni al Teatro Mercantini, anche dopo tanto tempo che era stato chiuso. A casa, dopo le sette di sera, non s'usciva più. Solo in rare occasioni, come una cena da parenti, la notte di Natale, le battiture del grano, la processione notturna del Venerdì Santo, ci vedevano per strada.
Se insistevo, magari per star fuori una mezzora di più, la mamma rispondeva che non c'era motivo, che non andava bene, che era ora d'andare finalmente a tirare le somme della giornata. Bisognava sempre pensare allo studio, che era considerata la migliore delle attività. Seguiva che l'ignoranza fosse il peggiore dei mali. Ogni sacrificio possibile poteva essere sopportato, come la sveglia la mattina e i pomeriggi negati al gioco, per lo studio delle materie scolastiche e della musica. Un esercizio estenuante che veniva interrotto solo la domenica, giorno dedicato alla famiglia e a Dio. Di solito s'andava a messa alle otto e mezza e

ci si cambiava dei vestiti della settimana. Gli abiti della festa erano sempre migliori di quelli degli altri giorni, come le scarpe. Erano i tempi prima del Concilio Vaticano, la messa si diceva ancora in latino, le bambine andavano in chiesa col velo in testa o il basco ed io seguivo le preghiere su un libretto dalla copertina di madreperla, che m'aveva riportato da Roma Magì, la figlia della mia madrina, che faceva la farmacista nella capitale. Mi perdevo su quelle pagine per le figure a stampa che conteneva e per quella sculturina in metallo di Gesù che apriva le braccia ai bambini sul frontespizio. Mi ritenevo ricchissima quando uscivo con quel libretto in mano e con la coroncina della Prima Comunione in tasca. Ricchissima perché nessuno possedeva degli oggetti così preziosi e di cui ero molto orgogliosa ma che comunque con noncuranza davo da guardare anche alle amiche di dottrina. Di domenica, dopo una frettolosa colazione s'andava alla scuola di catechismo. La mia maestra era un'anziana che mi raccontava meravigliose storie della Bibbia in cui i profeti spariva-

no e riapparivano dalla pancia della Balena, in cui Dio lottava con Giacobbe, e Mosè faceva aprire il mare con un bastone, per portare un popolo intero verso la Terra Promessa.
A casa, dato che erano molto religiosi m'interrogavano pure su quel libriccino che m'aveva regalato il parroco, don Pippo. Era un classico ripetere a memoria le risposte, quando la mamma m'asciugava dopo il bagno del sabato sera o quando mi passava la spazzola sulle scarpe perennemente impolverate.
La figura di Dio era un po' come quella del mio papà: «In cielo, in terra e in ogni luogo... Egli è l'Eterno». Non lo vedevo mai, non lo potevo toccare e soprattutto era bene non nominarlo invano... Pareva che nessuno, oltre me, si ponesse poi tanti interrogativi su Gesù o su Dio, tanto che mia madre mi imponeva il silenzio davanti a frasi come: «La Madonna aveva il cotone e l'alcool a Betlemme, nella grotta? Gesù Bambino si feriva o non si feriva da piccolo? Dio era contento e andava a trovarlo se prendeva qualche bel voto in matematica? Come mai nella famiglia di Nazareth,

se era così importante saperlo fare, nessuno suonava il pianoforte?». Infinite domande come queste assillavano la mia mente e preoccupavano mia madre che non sapeva più cosa rispondere e che non era preparata ad una fede naturalmente ironica come la mia.
A casa si dava importanza ai giornali, alle notizie della radio, ma soprattutto a tutto quello che era scritto. D'estate, quando tornava mio zio Peppino da Milano, il «Corriere della Sera» e «Il resto del Carlino» erano la fonte di ogni comunicazione. Cadevano i governi, l'Italia pareva migliorare, ma tutto per noi era sempre uguale. Lo zio, che aveva partecipato alla Liberazione, si ritrovava in un paese dove i furbi, come sempre, avevano la meglio e dove a Roma, come a Milano, già nel primo dopoguerra, avevano peso personaggi loschi e figuri detestabili. Ero piccolissima e, durante un pranzo con alcuni suoi amici importanti, anch'io volli dire la mia, facendo ridere tutti... Sorpresi la tavolata, bambina col nastro in testa, dichiarando: «Meno male che noi siamo partigiani, anzi

marchigiani». Quella sera ebbi più baci che cioccolatini. I vecchi partigiani vedevano già per me una luminosa carriera politica e mi diedero il nome di battaglia con cui poi mi chiamavano: «Tosta».

A casa veniva molto apprezzata l'ironia. Spesso ci si rispondeva a battute e battutine; era meraviglioso prenderci in giro, giocare senza paura con le parole. Lo humour spesso offre il polso dell'intelligenza, regalando ai discorsi scappatoie e possibilità. Quando la maestra, ad esempio, affrontò mia madre per annunciarle che avevo un troppo alto senso di me stessa perché avevo annunciato che da grande non avrei fatto né la dottoressa, né la pianista, né la mamma, né la ballerina, ma solo la scrittrice di tanti libri e la giardiniera in un bel giardino, lei con noncuranza rispose: «Ah, sì, lo dice sempre, forse la influenziamo noi...». Invece di rimproverarmi poi, con grande dolcezza terminò con: «Il tuo primo racconto sarà per la tua cara maestra, Suor Vincenza». La suora non apprezzò e non comprese nulla... Ci guardava allibita.

A casa spirava sempre il vento del rigore morale, il senso dell'onestà andava ricercato pure nelle piccole occasioni quotidiane. L'onore era in assoluto il valore, il bene più grande da non perdere mai di vista. Per questo non si dovevano mai dire bugie, piuttosto era meglio tacere, per questo non bisognava mai uscire dal seminato. Prendere poi qualcosa di qualcun altro era considerato furto, anzi come dicevano a casa «un latrocinio». A sette anni, andando a scuola, vidi sporgere dal giardino del parroco delle bellissime rose gialle. La mattina dopo, armata di forbici, ne colsi diverse e le portai felice alla maestra. Era il primo anno che frequentavo la scuola pubblica, dopo due anni all'Istituto delle suore, nella mia classe nuova ero molto inserita e volevo dimostrare, in ogni occasione, il mio affetto all'insegnante. Dopo qualche giorno, eravamo a fine maggio, la mamma al fioretto serale fu ringraziata per le rose dalla signorina Virginia Castelli. Venuta a casa, con calma estrema, subii un interrogatorio sulla provenienza di quei fiori, dato che a casa non ne

avevamo. Con tutta tranquillità spiegai come e dove li avessi trovati, credendoli disponibili per i passanti.
Fui prima sonoramente schiaffeggiata e poi, per punizione, severamente trascinata piangente per la strada, fino alla casa del parroco, dove mia madre spiegò che purtroppo aveva una figlia ladra, che era venuta a confessare il furto delle rose. Il sacerdote si mise a ridere, mi fece raccontare la storia due o tre volte e poi mi consolò portandomi a vedere il suo alveare, in un bellissimo orto a terrazza, che aveva sotto la sua veranda. Di penitenza mi diede tre avemarie che Don Enrico recitò con me, tra le dalie.
A distanza di anni, quando ricordavo «la lezione» d'onestà impartitami, mia madre ripeteva che quel giorno mi aveva picchiato anche poco e che se ero diventata onesta in seguito lo dovevo solo a lei...
Mentre mi diceva queste tristi cose io la guardavo e non la sentivo. Mi pareva bellissima, con i suoi capelli neri e gli occhi grandi nel viso ancora giovane e sempre fiero. Quando

sorrideva tutto il mio mondo era illuminato da quel sorriso e se, in qualche nostro viaggetto, mi teneva per mano, avevo la certezza d'essere sempre al sicuro, d'essere preservata, stando con lei, da qualsiasi male, perché mia madre avrebbe allontanato in ogni modo da me qualsiasi avvenimento negativo, spiacevole, pericoloso che avessi mai incontrato. La credevo proprio onnipotente.
Pensare che una volta, quand'ero già grande, mi confessò la stessa cosa. Pure lei s'era sempre sentita sicura tenendomi la mano, perché era molto orgogliosa di me e perché ero la figlia che aveva desiderato avere con mio padre, non solo... Se le avessi sorriso anche di più si sarebbe sentita in grado di superare qualsiasi ostacolo perché sapeva d'avermi reso serena e contenta. Anche la sua morte, che m'ha ferito profondamente, m'ha insegnato a riconoscere nell'indipendenza e nella dignità di mia madre il vero patrimonio, la vera eredità della mia famiglia.
A casa, mi basta anche ora aprire il portone per ritrovare tutto quanto. Senza fatica so

subito chi sono, tolgo la lunetta in ferro battuto in alto e arieggio per un mese il mio piccolo paradiso. La gente che passa sulla mia strada sa che sono tornata, vede la luce e bussa alla mia porta, per non disturbarmi, solo dopo qualche giorno, pensando alla mia stanchezza.

Tutto, a casa, è rimasto uguale, proprio come quando ero una bambina che tornava correndo da scuola o che suonava ogni giorno il piano almeno dalle quindici alle diciassette o che di notte scendeva a piedi nudi lo scalone per riaccendere la luce dall'interruttore generale, che sua madre chiudeva per indurla a dormire. In questi ultimi anni non ci sono più le persone care che vivevano con me, ma se sono attenta posso ascoltare ancora il suono delle loro voci, il breve rumore dei loro passi, il fruscio dei loro movimenti... tanto è stata preziosa la loro vita in questo luogo, tanto credo mi amino sempre, dovunque siano.

Sento la voce dello zio che chiama il mio nome dallo studio, vuole fumare di nascosto.

Sento Carla dal piano di sotto che mi dice: «È pronto il caffè, vieni a berlo finché è caldo».
Sento Titti che mi chiede di poter salire nella mia terrazza a guardare le stelle, sento i passi sulle scale delle sorelle di mia madre che la vengono a prendere per andare al rosario e, se vado ad innaffiare il basilico, posso sentire perfino la voce di Rosa, la balia... so che le mie erbe crescono così in fretta perché lei probabilmente le «custodisce», come ripeteva spesso, usando questo verbo antico.
A casa sono venuti i ladri, hanno fatto come dicono i carabinieri «un furto mirato». Sedici persone hanno rovinato tutto il passato e la vita di queste stanze, sempre rispettate in ogni occasione, hanno «attraversato le mura», spaccandole, in una notte d'inverno.
Ad un certo punto però il furto è stato disturbato da urla spaventose e grida ultraterrene; nella fretta della fuga sono stati lasciati oggetti ovunque.
Ho messo tutto a posto nell'estate successiva, compresi gli armadi rovesciati, la bian-

cheria di tre generazioni, i quadri superstiti. Pure i segni sugli stipiti delle porte, che non sono riusciti a strappare dalle pareti, sono andata a stuccare, in cima ad una scala.
Rimettendo in ordine mi dicevo che era rimasto tanto, perché m'era stato dato tanto in quel luogo amato e tutto quello che avevo ricevuto di vita e di cuore i ladri non avevano potuto prenderlo.
Questa era la mia misera consolazione e me lo ripetevo come un «*mantra*».
Per un po' di tempo però, nonostante tutto fosse stato ripulito e messo a posto, mi pareva perduta l'armonia della casa, la magia che l'aveva sempre posseduta non c'era più, non la sentivo più e me ne dispiacevo molto. A volte provavo una solitudine che non avevo mai conosciuto e un vuoto infinito.
Pensavo ai lutti che avevo patito e davo la colpa al dolore che mi abitava perennemente nella mente. Per avvertire certe emozioni forse occorre essere sereni, gioiosi dentro... com'ero io una volta. Perse le sicurezze umane, forse la mia era proprio una casa come tutte le

altre, più grande forse e più antica, ma senza niente di particolare ormai.
Finché una mattina, nel leggero sonno che seguiva una notte passata a leggere un libro intero, ho sentito battere, prima piano poi sempre più forte, le mani dalla cucina. Era l'antico applauso di mia madre che tornava dalla chiesa e che diceva: «Sono a casa, a casa». Anche in Paradiso le importava allora che io soffrissi tanto... Così mi richiamava ad una realtà lontana, m'incoraggiava a rialzarmi, a farmi forza col nostro vissuto felice d'un tempo...
Ho saputo quella mattina che tutto ricominciava, che non ero mai stata sola e che non lo sarei mai stata, che ero amata comunque e per sempre, perché quello era il mio posto: a casa, a casa mia.

Fuori porta

… E che pensieri immensi
che dolci sogni mi spirò la vista
di quel lontano mar, quei monti azzurri
che di qua scopro, e che varcare un giorno
io mi pensava, arcani mondi, arcana
felicità fingendo al viver mio!

G. LEOPARDI

Torno sempre fuori porta a camminare, in ogni stagione e con ogni tempo. Vado a guardare l'incredibile paesaggio che circonda il mio paese, pure se torno a Ripa per un solo giorno, fermandomi ad osservare quello che già conoscono i miei occhi da tanto e apprezzano da sempre.

Una volta la strada che percorro costeggiava le antiche mura, quasi del tutto nascoste da alte robinie, che a maggio ubriacavano di folate di profumo i rari passanti.

Col tempo e con le potature s'è dato più spazio al belvedere sul Piceno, così ringhiere di ferro e di legno sono subentrate agli antichi mattoni dove amavo tanto camminare, in bilico sul vuoto, abbracciata al vento.

Il mio primo asse d'equilibrio sull'infinito fu di sicuro il muretto dietro il Duomo, alla cui base cresceva un'erba così verde e folta che

era piacevole scivolarci. Ogni tardo pomeriggio, concluso il rosario, m'aggrappavo a quell'erba per risalire sulla mia postazione e quello che mi si presentava era uno spettacolo così vario che osservare il cielo e la terra da quell'angolatura poteva essere solo di confronto e di conforto a quanti credevano d'aver visto qualche incantevole luogo, ma che mutavano rapidamente idea dopo l'impatto con i colori delle colline, delle case e dei seminati contornati da vigne.
Ammiravo dall'alto paesi dove non andavo mai e sognavo sui nomi mentre li sillabavo, indicando davanti a me: Montefiore, Cossignano, Massignano, Carassai, Cupra, il Conero lontano ed infine l'Ascensione, il monte dal viso di bambino che dorme, che un mio parente scalava per devozione ogni anno, quaranta giorni dopo la S. Pasqua.
Passeggiavo spedita, iniziando da «Bora», cercando d'estate l'ombra del Palazzo Vescovile e subito mi fermavo a riconoscere tra gli alberi la stradina bianca che portava al Carmine, chiesa rurale della mia parrocchia, e il

campanile delle Monache Passioniste immerso nel verde scuro dei cipressi. La panoramica era lunga e la percorrevamo ora in una direzione, ora nell'altra. La prima, la più breve, costeggiava l'antica «'Mmazzatora», luogo dove i macellai davano la morte e tagliavano a pezzi gli animali di prima mattina, dopo averli pesati alla «Bascula» di fronte.
Allungavamo il passo per non sentire i rumori di catene e le urla quasi umane delle creature portate ignare alla morte. Spesso mi tappavo le orecchie per non sentire, anche se continuavo a guardare pecore e vitelli che aspettavano il loro triste turno. Nella mia infanzia, a Ripa, non c'erano i marciapiedi, si andava rasente il muro del Seminario o dall'altra parte della strada per guardare la distesa dei campi, al tramonto, quando mescolandosi al riflesso più caldo del sole, le tinte delle colline, dei borghi affacciati e dei poderi s'offrivano in tutto il loro splendore, in completo silenzio.
La seconda direzione, che portava oltre le mura, verso il Cimitero, era la più lunga e la

più ricca, anche d'incontri che si potevano fare: qualche amica, gli asini, poche macchine dirette a Grottammare, «alla marina». Aperta agli Appennini la strada strapiombava in un tripudio d'orti, d'alberi bellissimi e spesso da frutto, che a primavera, con le loro fioriture, macchiavano la campagna di bianco e di rosa leggero.
Si aveva sempre la sensazione, percorrendo il tratto sotto l'Ospedale, fino all'imbocco del paese, di poter toccare i versanti dei monti, quasi di leggere nei tramonti, ogni giorno diversi, una grandezza naturale che superava il dire degli uomini per un linguaggio più alto, che elevava lo spirito. Il vecchio monsignore che m'aveva battezzato a casa, per permettere a mio padre, quasi morente, d'assistere alla cerimonia e che, a volte, incontravamo e salutavamo, sosteneva che guardare la discesa del sole fuori porta fosse la migliore delle meditazioni, il completare le letture del suo breviario, contemplando la bellezza di quell'angolo di Piceno e suo ultimo ritiro, dopo le Americhe e gli impegni romani.

Amavo allora solo ascoltare i grandi, divagando sulle loro affermazioni, spesso dissentendo su quello che mi propinavano, con domande ironiche e curiose.
Ero ignara a quel tempo della gratuità della bellezza che godevo, insieme alle persone care, solo facendo una passeggiata. Mi sembrava normale, naturale, come la vita stessa, che scorreva scandita da orari e da feste, da visite e da impegni di casa e di scuola.
Vedere il torrione, il giardino dei pini e poi la strada dei tigli che sale al Monterone, piccolo parco circolare in fondo all'Agello, era la conclusione ideale. Se c'era stato più freddo mi alzavano il bavero, se aveva nevicato la sciarpa veniva messa a dovere, ma mai si rinunciava ad andare «fuori porta», per nessuna ragione. I pensieri venivano accantonati per guardare cime lontane, profili di colli, nuvole d'oro e poi le prime stelle, splendide, all'orizzonte.
Al mio paese c'è sempre un vento leggero, un'aria che sa muovere l'erba, i capelli e le foglie con la stessa intensità. Tutto appare

così nitido e limpido per questo motivo e ogni volta che vedo il palpitare della luce davanti a me, mi riapproprio subito della vita più vera, anche se molte cose sono cambiate negli ultimi anni, giustamente ed incredibilmente. Tutto è mutato così in fretta che all'improvviso persone, rapporti e giorni sono stati ingoiati, senza più possibilità di recupero.
Fermo nella sua bellezza, intaccato solo dallo scorrere ritmico delle stagioni, resta il paesaggio «fuori porta» di Ripa, superbo in ogni giornata, dalle mille tonalità di gialli, di ocra, d'azzurri e di verdi cangianti, spesso arricchito di nuvole rosa, arancione e indaco che possono arrivare allo scarlatto e al viola più dolce, verso sera, finché il cobalto copre, invadente, il mondo.
Spaziante dal Conero al Gran Sasso, dalla Sibilla e pure qualche volta al Catria, nelle giornate più limpide, scopre in alcuni punti, fino a sedici file di colline, le une dietro le altre, accavallate come onde d'un mare perennemente tranquillo e fermo.

M'insegnò ad apprezzare per la prima volta quei colori, in una calma infinita d'un tardo pomeriggio di giugno, la sorella di mia nonna. Non andavo ancora alle elementari ed ero fermamente convinta che i numeri finissero al venti, pensavo inoltre che non sarei mai diventata grande.

«Abbiamo contato con i miei fratelli i paesi con il binocolo, quand'eravamo ragazzi. Sono più di cento!» diceva la voce calma della zia Margherita.

Davanti al mio sgomento ripeteva per convincermi:

«Sono più di cento! Da qui puoi vedere tutta la provincia, in fondo c'è Ascoli, laggiù Ancona».

Non sapevo cosa fosse provincia, ad Ascoli ero andata solo una volta e Ancona mi pareva lontana quanto la stella della sera... Però rispondevo: «Cento quant'è?» scrutando da destra a sinistra.

«È cinque volte venti, lo imparerai» rispondeva lei, aprendomi la piccola palma della mano, contando sulle mie dita: «Venti, qua-

ranta, sessanta, ottanta e cento». Una cifra infinita... Li avrei mai visti tutti quei paesi? I tigli profumavano, la stagione che avevo davanti sembrava lunghissima e felice, la mano che mi teneva stretta era affettuosa e molto sicura, ciò che provavo di fronte a quel panorama somigliava a quell'assoluta gioia che solo l'abbandono dona e che riempie fino in fondo, soprattutto nell'infanzia, di emozioni irripetibili.
Molto tempo è passato da quell'estate che iniziava.
Sono andata, già molto giovane, a studiare lontano dalle mie mura, ho visitato, viaggiando, molte regioni del mondo, ho vissuto in altre bellissime città. Ormai con sicurezza so che i numeri non finiscono mai... So pure che il tempo è tiranno e che le mani rassicuranti della mia infanzia non ci saranno più, anche se ora mi stringono in maniera diversa e invisibili m'accompagnano comunque.
Tutto questo forse ricerco e ritrovo nel paesaggio «fuori porta», che penso a tratti con quella tenerezza, quasi trepidazione, che si

riserva ad un grande amore, del quale sfuggono perfino i difetti, che sa commuovere da lontano, che nel ricordo assume il fascino della perfezione perché non ha confronti reali. Quante volte, persa nel paesaggio e nell'infinita quiete che mi comunicava, ho rasserenato i miei pensieri, ho preso coraggio, ho ricercato e perfino ritrovato i visi delle persone che resero unica la mia vita e che a Ripa ho perduto, ho perdonato, ho accolto, ho recuperato e amato.

Nei coloratissimi crepuscoli invernali come nelle albe ametista, quando la foschia del caldo estivo vela delicata il panorama, cerco quest'incontro speciale, scopro dettagli che m'erano sfuggiti, conto alberi abbattuti, desidero il silenzio completo, attendo la notte per scoprire la posizione stagionale delle stelle, sono sola davanti a me stessa, trovo il sentiero dell'armonia.

Mentre osservo quei campi, quelle vigne e quei colli che galleggiano nella bruma o che limpidi si perdono all'orizzonte, una grande sicurezza mi domina: so all'improvviso che quello è il mio vero paesaggio interiore, che i pezzi del mio mosaico si riuniscono, che è solo davanti a quel luogo che la parte migliore di me prende forma.

Ogni volta che un grande dolore o una gioia vera s'è impadronita della mia vita ho passeggiato «fuori porta», quasi a trovare conforto alla pena e condivisione alla felicità coi monti azzurri, con le ginestre aggrappate ai versanti, con la neve sulla Montagna dei Fiori.

La mia passeggiata resta comunque quella, immersa nell'immutabilità, irripetibile esperienza di bellezza sempre evidente nell'arco di tutta una vita.

Misurarsi con un paesaggio è anche sapere ogni volta d'essere parte di quella meravigliosa visione, di avere un posto in quel miracolo della natura e della memoria a cui ho avuto la fortuna d'appartenere, di conoscere un luogo dove il cielo è guizzante di rondini e può crescere indisturbato il gladiolo selvatico, dove i ritmi della vita sono rispettati ancora.

Solo accarezzando con gli occhi quei contorni che si perdono all'orizzonte mi riconosco così felice di possedere un patrimonio che nessun ladro ha potuto né potrà mai rubare... Immensamente ricca di quello che vedo e provo, perché abbandonata all'Infinito.

La traduttrice

L'unica cosa che conta
è offrirsi umilmente
come un campo di battaglia.

ETTY HILLESUM

Avevo vinto un prestigioso premio per la mia attività di traduttrice. La casa editrice m'aveva più volte avvertito che avrei ricevuto la visita di un giornalista per una intervista da pubblicare su un importante *magazine* d'un famoso giornale.

Durante l'estate, come sempre ero in vacanza per venti giorni nelle Marche e persi di vista quest'impegno, che mi fu ricordato perfino per lettera. Chiedevano una data e un luogo dove raggiungermi, mi spiegarono che era importante e che ci tenevano molto. A quel punto risposi che alle dieci del mattino del ventisette agosto non ci sarebbero stati problemi, spiegai la strada per raggiungermi e, dal giornale, confermarono l'arrivo.

Li vidi da lontano, erano in due: un fotografo con macchine e cavalletto e una ragazza. Entrambi sembravano aver apprezzato il viag-

gio da Roma. Ero andata ad accoglierli all'inizio del paese e, già dalla strada, notai che guardavano e osservavano l'incredibile paesaggio che s'apriva davanti alla balconata a cui s'appoggiavano. Sembravano, più che colleghi, innamorati. Scherzavano, indicavano paesi lungo la dorsale degli Appennini che avevano di fronte. Quando mi videro arrivare mi vennero subito vicino dichiarando immediatamente che quello era il loro primo giorno di vacanza, che avevano lavorato tutta l'estate e che erano molto felici di aver avuto l'opportunità dell'intervista per visitare una zona a loro sconosciuta dell'Italia: il Piceno, che non credevano così bello, civile e ricco d'un paesaggio e di una campagna che non avrebbero mai immaginato tanto suggestiva per i colori dei seminati e dei monti lontani.
Dopo i convenevoli la ragazza, accavallando le domande, chiese: «E lei è di qui o ha comperato una casa? Ci vive abitualmente?».
«Sono nata in questo paese e continuo a vivere nella casa di famiglia, dove vengo ogni volta che posso» risposi, invitandoli a seguir-

mi verso la mia strada che s'apriva poco lontano, di fronte al Palazzo Vescovile.

«Guarda, c'è perfino il Museo Diocesano!» gridò gioiosa la giornalista rivolgendosi al fotografo che leggeva il cartello e la lapide della casa di Ascanio Condivi, biografo di Michelangelo.

«Veramente ci sono pure un Museo Archeologico e una Pinacoteca bellissima» aggiunsi io. «E poi un teatro e altri luoghi caratteristici, assolutamente da visitare».

«Dopo andremo a vederli, allora» affermò entusiasta e deciso Nicola, strizzando l'occhio a Sabrina: questi erano i loro nomi.

Incontrammo nella mia strada alcune persone che mi salutavano e chiedevano quanto ancora sarebbe durata la mia vacanza o se dovessi partire presto per l'India.

«Che curiosi!» esclamò la giornalista quando rimanemmo soli. «Farle tutte quelle domande sui suoi spostamenti!».

«Semplicemente mi vogliono bene e si curano di me» replicai sorridendo, mentre aprivo il portone e introducevo i giovani in casa.

Commentando per lo scalone e per le stanze la bellezza della casa, mi precedevano con esclamazioni di stupore attento... Evidentemente non avevano pensato di essere proiettati in uno spazio del passato così mantenuto in ogni più piccolo dettaglio.
«Non ha paura a vivere qui da sola, in mezzo a tutta questa bellezza, in questi spazi così ampi?» chiese la ragazza, indicando i soffitti dipinti e gli antichissimi pavimenti di cotto.
«Assolutamente no, anzi quando sono lontana e abito altre case ho proprio nostalgia di questa, che mi sembra di abbandonare e tradire come si fa con persone o cose da cui gli eventi ci dividono» risposi, quasi rammaricandomi d'essermi espressa così scopertamente. Era difficile spiegare quello che provavo.
Li introdussi infine nello studio e, mentre andavo in cucina a prendere del the freddo, sentivo, a porte aperte, il dialogo che si svolgeva tra Nicola e Sabrina, che stavano montando registratori e lampade...

Parlavano dei libri che tappezzavano le alte pareti e che erano sparsi ovunque, a pile, aspettando d'essere catalogati. Riconoscevano edizioni, autori e rarità letterarie, raccolte da mani affettuose negli ultimi duecento anni. Quattro generazioni di lettori attenti. Quando tornai erano pronti per l'intervista con la traduttrice. Mi misi calma a sedere dietro la scrivania.

Sabrina subito chiese quando avessi iniziato e perché proprio mi fossi dedicata ad autori di un paese così lontano come l'India, molto distante dal luogo dove ero cresciuta e dove ancora sembrava piacermi così tanto vivere.

«Tutto è iniziato proprio in questa stanza» raccontai. «Per caso, come forse succede per le cose più belle. Quando il mese di giugno terminava e la scuola aveva fine mi veniva lasciata la libertà di correre, giocare, passeggiare in campagna e andare al mare per quindici giorni, dalla zia... Mai si smetteva di studiare né il pianoforte né il resto... I compiti delle vacanze erano molti e svolgerli un poco alla volta era sicuramente più proficuo dal punto di vista della mole, che adempierli all'ultimo momento e frettolosamente. S'occupava della mia educazione un fratello di mia madre che viveva con noi, in famiglia lo chiamavano Patay, che aveva lavorato tutta la vita a Milano, direttore d'una casa editrice. Lo zio, uomo coltissimo e molto interessato alla mia formazione, decise, nell'estate dei miei dodici anni, d'insegnarmi una lingua nuova: l'inglese. A scuola, a quei tempi, si studiava solo il francese, nelle Marche. Forse al liceo di Ancona c'era una sezione di tedesco, ma l'inglese era sconosciuto a tutti. Iniziammo ogni pomeriggio per un'oretta con un metodo pedagogico di sua invenzione. "Dalla frase alla regola", diceva sfregandosi le mani. Traducevamo un libro che avevamo trovato in biblioteca, appartenuto alla mia nonna paterna, un'inglese nata a Madras. Il libro era *The Gardner* di Rabindranāth Tagore, premio Nobel 1913, l'autentica prima edizione di Mac Millan. Le composizioni, dalle frasi brevi, erano semplici, delicate e molto profonde... Ne ho ancora un preciso ricordo.

«Cominciai a prenderci gusto e ci lavorai

fino all'inverno. Fui molto lodata per questo e Patay, incontentabile e molto schivo di complimenti, m'incoraggiava e mi ripeteva sempre di non lasciare mai il testo iniziale, di essere fedele al senso, ma pure ai vocaboli usati dallo scrittore, di darne insomma una stesura letteraria, ma pure letterale. "La fedeltà all'autore è basilare al traduttore", ripeteva spesso, battendomi sulla spalla. Mi sentivo importante, procedendo lentamente.

«Quella fu la prima volta che tradussi un libro per esercizio e per impratichirmi di una lingua ostica. Compii poi tranquillamente i miei studi, mi laureai in lettere e poi in lingue e, per un perfezionamento in inglese, vinsi una borsa post-universitaria, addirittura dopo la seconda laurea e quando già lavoravo da qualche anno. La tesina che mi fu assegnata, in Inghilterra è il professore che decide l'argomento e l'allievo deve accettarlo, era: *Le traduzioni inglesi di Rabindranāth Tagore*. Nel 1981 veniva così idealmente ricordato il quarantennale della morte di quel grande autore di cui anni prima avevo tradotto il libro.

«Il lavoro vinse un piccolo premio: un assegno di studio per un mese nell'Università *Visva-Bharati* di *Shanti-Niketan*, dove Tagore aveva vissuto per molti anni della sua vita, scuola a cui aveva devoluto il Nobel e tutti i diritti dei suoi numerosissimi libri, stampati in tanti paesi del mondo. La lingua di Tagore, quella nella quale s'era espresso sempre, era il Bengali, una lingua di derivazione sanscrita, parlata in una grande regione dell'India del Nord. Decisi, dopo il viaggio, di studiarla per ritradurre il mio poeta».
«Quello che mi ha raccontato mi riempie di stupore. Lei vuol dire che per amore di Tagore ha studiato una lingua?» disse Sabrina.
«Veramente ne ho studiate due, perché oltre al Bengali mi sono pure dedicata poi al Sanscrito, la lingua madre di tutte le altre. Ormai è così da quasi trent'anni e continuo a praticarle entrambe, per non perderle» replicai, sotto lo sguardo meravigliato del fotografo che domandò: «Quanto tempo impiega nella traduzione di un libro? A questo punto penso moltissimo».

«Anni, di sicuro! Ne trascrivo sempre due insieme, così quando sono stanca di uno, mi riposo con l'altro. A volte sto ferma per molto su una frase, su una parola. Altre volte la pagina scorre... Sono momenti di grazia, irripetibili. Di solito stendo sei, sette versioni diverse dello stesso testo, poi le confronto e decido la pagina finale. A quel punto quella per me diventa la migliore. È un lavoro di pazienza quello del traduttore, un lavoro di bulino, di ricamo. Esige precisione».
«Hanno detto che se Tagore era vicino ai paesi occidentali, certo Kabir, Tukārām, Kalidaṣa e Ramakṛṣna non lo erano, ma lei è riuscita a farceli sentire vicini, a presentarci un'India diversa da quella che conoscevamo, ha dato insomma di quella cultura millenaria un aspetto raffinato, ci ha fatto conoscere molte anime di quel paese, superandone le contraddizioni, dimostrandoci che Occidente e Oriente possono essere vicini».
«È vero. Lo sa che copiai a mano le lettere di Gandhi, perché non volevano farle conoscere in Occidente? Erano raccomandazioni

che il Mahātmā mandava dal carcere, dopo la marcia del sale, inedite e assai custodite nel suo āshram».

«E poi le ha pubblicate?» chiese la giornalista.

«Senza fatica. Devo dire che sono sempre stata fortunata con gli editori. Quello che propongo pubblicano, anzi vorrebbero di più, ma io non mi piego. Sono una persona libera ed un libro ha termine solo quando lo decide lo scrittore, che io trascrivo, in una lingua nuova. L'utilità di questo lavoro è notevole, devo ascoltare e poi, alla fine, decidere da sola».

«Pazienza, umiltà e poi cos'altro? Mi pare ci vogliano molti sacrifici per tradurre bene un libro» osservò Sabrina, fissandomi negli occhi. «Questo è il messaggio che ci dà?».

«Chiunque lavori per la qualità sa come possa essere duro, anche economicamente, scegliere di dedicarsi per tanto tempo a qualcosa con tutto il proprio essere. È come muoversi in un negozio di cristalli preziosi! Non puoi fare passi falsi. Spesso, se uno fa male quello che gli viene affidato, gli altri non se

ne accorgono. Forti di questo, la maggioranza cede alla mediocrità e il risultato non è che grigiore. Sarà che in questa casa ho imparato pure il valore quasi religioso del lavoro, della scelta, dell'essere me stessa e di non vendermi mai... Così applico queste semplici regole e soprattutto amo quello che faccio».
La giornalista alzò il viso verso di me e ribadì: «Non mi sbagliavo quindi prima quando dicevo che ci propone valori lontani, a cui pochi ormai s'attengono: la ricerca della qualità, il sacrificio, l'essenzialità e soprattutto il non voler apparire quello che non si è. M'hanno detto che in un congresso ha pubblicamente affermato, facendo sorridere molti, che studia ogni giorno qualcosa di nuovo, che in ogni viaggio, anche piccolo, cerca di vedere quello che le era sfuggito in precedenza, che vorrebbe un'altra vita per imparare ancora».
«Ho pure sostenuto che i miei viaggi migliori li ho conclusi intorno ad un tavolino, quello grande di Ripa, dove scrivo in cucina, o negli occhi di chi amo. Tutti ridevano quan-

do ho detto questo. In realtà è vero che mi basta poco per vivere e lavorare bene. Scrivo e traduco a mano, non uso il computer e m'affido ad altri per questo, solo nel momento finale e "sociale" del mio lavoro, che è solitario e quasi certosino. Non mi sento però mai sola, quando mi dedico alle pagine di Tagore e degli altri grandi indiani di cui mi occupo, perché ricordo la loro vita, quanto hanno sofferto e quanto m'hanno dato. Penso pure ai monaci delle abbazie del Medio Evo che hanno salvato i libri del passato e che, oltre a copiare, miniavano, studiavano e traducevano da lingue che temevano destinate a perire... Persone di cui non sapremo mai i nomi e che ci hanno regalato tanto, come i pittori-schiavi delle tombe egizie o dei vasi attici, gli scultori ignoti dell'antica Grecia, ma pure le madri che nelle famiglie rammendavano, ricamavano e pure cucinavano con grande professionalità i piatti della tradizione, per non perderla e darla intatta a quelli che venivano a gustarli, sempre pronte a insegnare i loro segreti».

«Vuole dirmi che davvero non possiede un portatile, che scrive ancora a mano?» chiese Sabrina quasi divertita.

«Come ho già più volte raccontato, scrivo a mano con una penna stilografica e inchiostri che variano dal verde al turchese. Con il foglio devo avere un rapporto fisico, tattile e visivo. Con la pagina pubblicata è lo stesso, spesso amo sentire il profumo della stampa fresca, scelgo le copertine, i colori... e poi basta... Il libro pubblicato mi interessa solo relativamente. Inizio un'altra avventura e con una nuova opera tutto ricomincia. Nel frattempo subito m'occupo di fiori e di cucina, le altre mie due grandi passioni».

«Come mai queste due passioni? Sono d'un tempo, oppure recenti?» domandò questa volta Nicola.

«Oserei dire che sono antiche, ormai quanto me. Coltivo infatti rose, rose antiche inglesi e pianto bulbi di tutti i tipi e piante officinali» aggiunsi con passione. «Nella mia terrazza ho oleandri e esemplari mediterranei di tutti i generi, compresi i fichi d'India e l'alberello d'arancio. Fino a qualche anno fa curavo anche un orto e coltivavo primizie. Quanto alla passione per la cucina amo radunare a tavola le persone care. Sono forse tradizionale in questo ma credo che l'amore passi anche attraverso il cibo e alla cura che si pone quando lo si prepara. Il tempo impiegato, ad esempio, a fare il pane o la sfoglia in casa, io penso che sia molto simile all'attività di traduttrice che ormai svolgo quasi da trent'anni. È un lavoro di attenta cura, basta un errore nel percorso e tutto non riesce come dovrebbe. Trovo commovente che il pane, ad esempio, lieviti meglio se lo si copre con una copertina di lana. Ci sono segreti e dettagli ugualmente nella traduzione che si conoscono solo dopo anni d'impegno».

L'intervista, a quel punto, subì un arresto. I due giovani erano quasi smarriti davanti alle mie parole, non s'erano certo aspettati di trovarsi davanti una fornaia provetta o una giardiniera, quand'erano entrati nella mia casa. Sembravano molto stupiti dalla lezione di vita quotidiana che ricevevano, li vedevo quasi impauriti.

«Ho cominciato in India» ripresi io. «Lì non conoscono che pane azzimo e spesso non lo cucinano che brevemente. Io amo il pane lievitato, per la pasta invece sono figlia d'arte… Nelle Marche le bambine, ai miei tempi, imparavano a tirarla appena diventavano alte come la tavola!».

«Lei quindi… mi pare di capire… esegue molti lavori manuali…» farfugliò Sabrina.

«Tutti e li amo tutti» risposi pronta. «Il lavoro manuale libera la mente e la lascia tranquilla nel pensiero. Più volte m'è capitato di tradurre meglio dopo aver dedicato qualche ora alle piante o aver pulito a dovere un pavimento di cotto. Imparare dal passato fa bene, ce l'hanno insegnato i benedettini come si fa. Lavorarono duramente la terra e reinsegnarono ai contadini quello che avevano dimenticato: non solo la cultura dei seminati, ma pure l'amore a quanto facevano. Studiando gli scritti di Ildegarda di Bingen, una santa badessa medioevale, ho scoperto che reintrodusse in Germania la cultura del farro, un cereale che è molto benefico all'uomo…

Ma non voglio dilungarmi in questo, certamente non siete venuti qui ad ascoltare le mie teorie ecologiche e ambientalistiche!».
«Pane e cultura insomma!» disse sorridendo Sabrina. «E naturalmente penso che lei sarà contraria a tanti modelli che vengono propinati alla gente attraverso informazioni subdole e imposte da pubblicità nascoste...».
«Sono contraria a tutto ciò che non è vero e che invariabilmente ci viene presentato come definitivo. Spesso ciò che passa sotto gli occhi di tutti, nelle nostre vite, non serve a nulla, crea solo dispersione e confusione» risposi.
«Cosa proporrebbe d'alternativo, se c'è un'alternativa...» chiese subito Nicola.
«Proporrei l'educazione alla cura, alla tenerezza, alla manualità e alla pace. Solo in questa direzione si può tornare a riparlare dei valori che stanno per andare perduti, studio compreso. Tradurre poesie e libri di letterature lontane non è un'arte che può sparire. Creare luoghi, momenti, incontri, che portino gli interessati a continuare a farlo, attiverebbe

anche dei meccanismi di difesa nei confronti di una società e di una non-cultura diffusa, che offre spazio solo al cattivo gusto, all'improvvisazione e alla non professionalità».

Dicevo queste cose con grande amarezza e mettendo in ordine nervosamente libri e buste di posta arretrata, che s'erano accumulate sulla scrivania.

«Torniamo ai poeti indiani, a personalità come Tagore e Gandhi che frequenta abitualmente nei libri e che di sicuro le avranno lasciato una traccia indelebile, anche professionalmente parlando» riprese la giornalista.

«È proprio vero che le loro parole sono riuscite a cambiarmi la vita, nel senso che ritengo più giusto, mi hanno reso una pacifista, nei miei limiti, s'intende. Dopo aver letto e tradotto quello che hanno detto e pensato sulla pace tra i popoli, subendo entrambi attentati per questo e pure morendo per la causa, come Gandhi, nell'innocenza più assoluta, credo che non si possa essere che testimoni

attivi di quanto si è conosciuto. "Offrirsi umilmente come campo di battaglia", come dice Etty Hillesum!».
I ragazzi sembravano assorti e un silenzio di tomba scese tra noi. Un silenzio eloquente che fu rotto da Sabrina, con una nuova domanda:
«Lei quindi crede che tradurre sia un'arte bella quanto scrivere, perché è in un certo senso "riscrivere" in un'altra lingua il testo d'un autore?».
«Credo che non sia solo questo, ma pure l'incontro con una cultura diversa e con una lingua diversa, non solo con un autore, ma pure con una persona, uno scrittore che non conosceremo mai perché è scomparso ma che pure è riuscito a darci tanto con la sua esperienza, la bellezza del suo credere, la sua vita insomma» sostenni con calore chiudendo pure con un «chiaro, vero?».
«Chiarissimo» rispose. «E lei pensa che andando avanti così quest'arte andrà perduta?».
Prontamente e con molta sincerità dissi: «Sarà sicuramente semplificata e questo porterà ad una depauperazione generale. Ormai si sente dire

che per le lingue orientali si ricorre alle traduzioni mediate, che il computer fa tutto, che basta rivedere una volta il testo, che tutto va abbreviato. I tempi "biblici" del mio lavoro fanno parte del modo di pormi e sono inscindibili dalla qualità dei testi che propongo».
«Crede quindi che sia solo per il denaro che questi giovani traduttori lavorano? Che non abbiano amore per quello che fanno?» chiese Nicola.
Ripresi subito: «Che la cultura sia per molti solo un fattore secondario e che in fondo non ci sia che interesse dietro le scelte di ponderosi libri da tradurre sempre da una sola lingua, che ormai domina il mondo, è sotto gli occhi di tutti. Si arriva così ad un appiattimento della cultura, alcuni libri non vengono mai conosciuti da nessuno, è imposto sempre qualche best-seller di cui si legge ovunque, si stilano classifiche sui giornali. Credo che se c'è al mondo un lavoro libero quello della scrittura ne dovrebbe essere l'emblema. Non si possono imbrogliare, per motivi economici, il cuore e la mente di chi ne fruisce. Tut-

ta una generazione di scrittori e traduttori è passata senza essere stata non solo presa in considerazione, ma neppure vista dai lettori, indotti a leggere sempre gli stessi autori. Per quello che può servire desidero protestare per come è stata stravolta la vera e propria arte della traduzione».

I due si guardarono quasi interrogandosi con gli occhi. Non s'erano aspettati un'intervista così e me lo espressero con grande calore. Era vero quello che dicevo, ma non ci avevano mai riflettuto seriamente prima. Promisero che, anche come lettori, avrebbero fatto delle scelte nuove dopo il nostro incontro.

Li accompagnai, lungo la scala, fino al portone. Guardavano gli altissimi soffitti e poi le pareti gialle dell'ingresso, dal pavimento verde e nero.

«Sono stati dipinti da poco questi muri, che bel colore!» notò Nicola.

«Li ho terminati io, un mese fa» risposi sorridendo orgogliosa e quasi colta con le mani nel sacco. Quel colore s'ottiene unendo un minimo di rosso al giallo.

«Ed ora cosa farà, nel resto di questa giornata?» chiese interessata Sabrina.
«Tradurrò la parte finale d'una poesia di Tagore, credo d'avere l'ispirazione giusta». E così li congedai guardandoli, dal portone, allontanarsi.

Più tardi, verso sera, uscii per la mia solita passeggiata. Ripensavo, scrutando i monti, al salmo che canta: «Da dove verrà la salvezza?».
Queste parole risuonavano nella mia mente, rasserenandomi completamente. M'abbandonavo alla domanda. Ero soddisfatta di quanto avessi detto sul mio lavoro al mattino e quasi contenta di quanto fossi riuscita a riscrivere nelle ore successive. M'avviai così verso la campagna, dove nessuno, al tramonto, tranne qualche gazza, rompeva un silenzio quasi religioso. Una luce rosa avvolgeva ogni cosa.
C'erano lungo un piccolo crinale giovani piante d'ortica, rinate da poco, dopo il taglio d'agosto. Presi a coglierne le cime, senza aver

paura di pungermi, sentendomi in uno stato di grazia, preservata da ogni male.
Con quelle erbe selvatiche avrei più tardi preparato un'ottima minestra di riso. Intanto guardavo il sole scendere dietro i Sibillini. Fra qualche giorno sarebbe finita la mia vacanza e sarei stata lontana per mesi da quell'incanto. Mentre la notte iniziava ad invadere piano le colline del mio mondo, una grande pace mi prendeva, ogni preoccupazione era allontanata, ogni delusione dileguata.
Le prime stelle della sera mi dicevano di che disegno facevo parte, dopo aver compreso dal tramonto d'essere un tassello di quella vita che palpitava ovunque, in quell'angolo di terra, dove ancora regnava, in tutta la sua bellezza, la natura.
Per questo pensiero, avevo chiaro il mio compito, sapevo quale fosse il ruolo che m'era stato concesso, il servizio a cui ero consegnata, il dono che dovevo a tutti dare: quello dell'umile parola, dopo averne assaporato lo splendore.

Indice

A casa

Questo volume è stato stampato nel mese di settembre del 2008 su carta Grifo Vergata delle Cartiere Miliani di Fabriano. La sovracoperta è realizzata in carta Roma fabbricata a mano e appositamente allestita dalle Cartiere Miliani di Fabriano per la collana « Il divano ».

Stampa: Officine Grafiche Riunite, Palermo

Legatura: LE.I.MA. s.r.l., Palermo

Il divano

1 Abate Dinouart. L'arte di tacere
2 La volpe amorosa
3 Nino Savarese. Gatterìa
4 Kenelm Digby. La polvere di simpatia
5 Jean-Baptiste Pérès, Richard Whately e Aristarchus Newlight. L'imperatore inesistente
6 Jean-François de Bastide. La petite maison
7 Enrique Vila-Matas. Storia abbreviata della letteratura portatile
8 Choderlos de Laclos. L'educazione delle donne
9 Herbert George Wells. Piccole guerre
10 Champfleury. Il violino di faenza
11 Gustave Amiot. La Duchessa di Vaneuse
12 Gustav Weil. Il racconto più bello del Corano
13 Celio Calcagnini, Celio Malespini, Giuseppe Battista, Pio Rossi. Elogio della menzogna
14 Alexandre Dumas. La cappella gotica
15 Gotthold Ephraim Lessing. Favole in tre libri
16 Carl Jacob Burckhardt. Incontro con Rilke
17 Lady Bell. Piccolo manuale di giochi per viaggiatori
18 Honoré de Balzac. Massimilla Doni
19 Ippocrate. Sul riso e la follia
20 Johann Wier. Le streghe
21 Catalina de Erauso. Storia della monaca alfiere scritta da lei medesima
22 Antonio Tosti. Contributo alla conoscenza della stupidità umana
23 Edmondo De Amicis. Manuel Menendez
24 Konstantin Nicolaevič Leont'ev. Storia di un giovane suliota
25 Paul Claudel. La mistica delle pietre preziose

63 Jean Paulhan. Guida di un piccolo viaggio in Svizzera
64 Karl Gottlob Schelle. L'arte di andare a passeggio
65 Ernesto Ragazzoni. Le mie invisibilissime pagine
66 Louis Fürnberg. Mozart e Casanova
67 António José Branquinho da Fonseca. Il Barone
68 Costantino Porfirogenito, Ibn Rosteh, Liutprando da Cremona. Il libro delle cerimonie
69 Luciano Canfora. Demagogia
70 Hector Berlioz. Eufonia o la città musicale
71 Giovanni Iudica. Il principe dei musici
72 Julien Offroy de La Mettrie. Il sommo bene
73 Samuel Johnson. Storia di Rasselas principe di Abissinia
74 Alessandra Lavagnino. Zanzare
75 Chester G. Starr. Lo spionaggio politico nella Grecia classica
76 André Gide. Il caso Redureau
77 André Gide. Ricordi della Corte d'Assise
78 André Gide. Fatti di cronaca
79 Pierre de Marivaux. Il bilboquet
80 Charles Cros. La scienza dell'amore
81 Robert S. Hichens. Come scoprì l'amore il professor Guildea
82 Charles Lamb. Rosamund Gray
83 Giulietta Ascoli. Balie
84 Platone. Apologia di Socrate
85 Luciano Canfora. Manifesto della libertà
86 David Herbert Lawrence. Le figlie del vicario
87 Henry James. Adina
88 Massimo Bontempelli. Noi, gli Aria
89 Giorgio de Marchis. Il poeta, il ragazzo, la ragazza
90 Maria Attanasio. Correva l'anno 1698 e nella città avvenne il fatto memorabile
91 Giuseppe Scaraffia. Miti minori
92 Nicolas-Edmé Restif de la Bretonne. Lettera di una scimmia
93 Robert de Montesquiou. Dame d'autunno
94 Sophie de Condorcet. Sulla simpatia
95 Cristina Biondi. Il profumo del lino
96 Antoine Galland. Elogio del caffè
97 Il racconto su Drakula voevoda
98 Horacio Quiroga. Il tetto d'incenso

99 Plutarco. Filosofia del matrimonio
100 Andrea Camilleri. Il gioco della mosca
101 Giovanni Maria Rossi. Finis terrae. Viaggio all'ultima Thule con Pitea di Marsiglia
102 Nino Insinga. Per sogni e per chimere
103 Claude Lévi-Strauss. Babbo Natale giustiziato
104 Le parole e le ore. Gli orologi barocchi: antologia poetica del Seicento
105 Pierluigi Celli. Graffiti aziendali
106 Girolamo Aleandro, Girolamo Rocco, Marcello Giovannetti. Esercizi fisiognomici
107 Stendhal. Vanina Vanini
108 Salvatore Di Giacomo, Angelo Morino. Nome e cognome di donna. Assunta Spina
109 William H. Hudson, Angelo Morino. Marta Riquelme ovvero Non toccare la donna bianca
110 Francesco Petrarca. Lettere di viaggio
111 Giovanni Giudice. Doppio assassino
112 Caio Giulio Hygino. Fabulario delle stelle
113 Il cavaliere irlandese all'Inferno
114 Maria Giulia Barberini, Idalberto Fei. Relazione di Moscovia scritta da Raffaello Barberini (1565)
115 Anonimo russo. Da Mosca a Firenze nel Quattrocento
116 Lorenzo Zichichi. Il disertore del Paradiso
117 Marina Minghelli. Santa Marina la travestita
118 Kabir. Canzoni dell'amore infinito
119 I tre racconti dei tre figli di mercanti. Novelline popolari siciliane
120 Torquato Tasso. Discorso della virtù feminile e donnesca
121 Caroline Butini Boissier. Liszt maestro di piano
122 Pietro Spirito. Vita e sorte di Pierre Dumont, socio di Dio
123 Héctor Abad Faciolince. Trattato di culinaria per donne tristi
124 Giovanni Tritemio. Elogio degli amanuensi
125 Giorgio De Simone. L'isola dei pantèi
126 Giorgio de Marchis. Dell'abitare
127 Alexandre Dumas. La rosa rossa
128 Alexandre Dumas. Un'amazzone
129 Giacomo Properzj. Padania o cara

130 Don Pedro Francisco Doménech y Amaya. Indagine su un uomo morso dalla tarantola
131 Leopold von Sacher-Masoch. Diderot a Pietroburgo
132 Henry James. La crespa Cornelia
133 Henry James. Un pittore di paesaggi
134 Alfonso de Liguori. Degli obblighi de' giudici, avvocati, accusatori e rei
135 Luciano Canfora. Un ribelle in cerca di libertà. Profilo di Palmiro Togliatti
136 Gianfranco Dioguardi. Attualità dell'Illuminismo milanese: Pietro Verri e Cesare Beccaria
137 Delarivier Manley. Le avventure di Rivella
138 Eike Pies. Il delitto Cartesio
139 Paolo Terni. In tempo rubato
140 Ippocrate. Aforismi
141 Elliot Silberberg. Il diluvio
142 Vincenzo Vitale. In questa notte del tempo
143 Maurizio Calvesi. Storia della seduzione
144 Angelo Morino. Il libro di cucina di Juana Inés de la Cruz
145 Franco Melandri. Le Siberiane seguono il sole
146 Arthur Schnitzler. Geronimo il cieco e suo fratello
147 Gianfranco Dioguardi. La scienza come invenzione. Alessandro Volta
148 Ginevra Bompiani. L'amorosa avventura di una pelliccia e di un'armatura
149 Nikolaj Gogol'. Roma
150 Vita di Gesù secondo le tradizioni islamiche
151 Claudio Saporetti. Jeshûa e Gesù
152 Giancarlo Lunati. Gesù. Quattro vite verosimili
153 Atti del processo di Giordano Bruno
154 Pasquale Hamel. L'ingorgo
155 Gaetano Savatteri. La congiura dei loquaci
156 Nico Perrone. Il truglio
157 Storia della tiara bianca
158 AA.VV. Per gioco
159 Herbert George Wells. Giochi da pavimento
160 Marco Santagata. Il copista
161 José Maria de Eça de Queirós. Alves & C.

162 Alfonso de Liguori. Maria nostra avvocata
163 Tukārām. Canti del Pellegrino
164 Sarah Kofman. Rue Ordener, rue Labat
165 Melo Freni. Marta d'Elicona
166 Gabriella Brooke. Le parole di Bernfrieda
167 Mário Cláudio. La fuga in Egitto
168 Jacob Wassermann. Il tumulto intorno allo Junker Ernst
169 Paolo Terni. Giorgio Manganelli, un ascoltatore maniacale
170 Enrico Guarneri. Di un amore senza fine. Eloisa e Abelardo 1116-1164
171 Stefano Villani. Il calzolaio quacchero e il finto cadì
172 Arthur Conan Doyle. Il parassita e altri racconti
173 Max Bruschi. Giuseppe Verdi. Note e noterelle
174 Gianni Puglisi. I modi della moda
175 Gianfranco Dioguardi. Sui sentieri della scienza
176 Enrico Micheli. L'Annunziata
177 Luca Toscani. Natale a Comodoro Rivadavia
178 Sergio Valzania. Tre tartarughe greche
179 Giovanni Merenda. L'esilio
180 Sabino Acquaviva. Prima dell'alba
181 Mario Pacelli. Cattivi esempi
182 Alda Bruno. Tacchino farcito
183 Franco Antonio Belgiorno. L'accalappiatempo
184 Gioacchino Lanza Tomasi. Vincenzo Bellini
185 Jaroslav Hašek. Compagno Hašek, comandante della città di Bugul'mà
186 Antonella Santacroce. Diavoli e dannati
187 Paolo Terni. Un vento sottilissimo
188 Henry James. La figura nel tappeto
189 Constance Fenimore Woolson. Via del Giacinto
190 Maria Savi-Lopez. Nani e folletti
191 Theodore Zeldin. La conversazione
192 Giuseppe Scaraffia. Gli ultimi dandies
193 Francesco Renda. Salvatore Giuliano. Una biografia storica
194 Donatien-Alphonse-François de Sade. Il giudice beffato
195 Ernesto Ragionieri. Churchill
196 Jean Giono. L'affare Dominici
197 Francesco Gambaro. Si guarda com'è il sole

198 George Sand. I giardini in Italia
199 Joseph e Elizabeth Pennell. L'Italia in velocipede
200 Christian Fürchtegott Gellert. Vita della contessa svedese von G.
201 Elizabeth Gaskell. Il castello di Crowley
202 Parole di fuoco. La vita e il processo di Anne Askew
203 Alessandro Carrera. La vita meravigliosa dei laureati in lettere
204 Wilhelm von Lenz. Il pianoforte e i suoi virtuosi
205 Lucio Maria Attinelli. Una stagione a Palermo
206 Simona Corso. Capodanno al Tennis Club
207 Alfonso de Liguori. Tu scendi dalle stelle
208 Beppe Benvenuto. Giuseppe Prezzolini
209 Enrico Guarneri. Monaca per sempre. Marianna de Leyva tra romanzo e documento
210 Nadia Adragna. Opera I
211 Ettore Randazzo. L'avvocato e la verità
212 Giulio Angioni. Il mare intorno
213 Pier Luigi Celli. Nascita e morte di un'impresa in 42 lettere
214 Cesare Brandi. Sicilia mia
215 Vincent Schiavelli. Bruculinu America
216 Wilkie Collins, Charles Dickens. Il pigro viaggio di due apprendisti oziosi
217 Alfonso de Liguori. La fedeltà de' vassalli
218 Vernon Lee. L'avventura di Winthrop
219 Gianna Manzini. La moda di Vanessa
220 Gerhart Hauptmann. Il fantasma
221 Consigli e istruzioni del giardiniere di corte di Caterina la Grande
222 Agata Parisella, Giovanna Trapani, Luca Mariani. La pittura in cucina. Pittori e chef a confronto
223 Renata Pucci di Benisichi. Scusate la polvere
224 Kate Chopin. Un paio di calze di seta
225 Renata Pucci di Benisichi. Trenta e due ventotto
226 Johannes Weidenheim. Una festa d'estate a Maresi
227 Giulio Angioni. Assandira
228 Giuseppe Prezzolini. Cristo e/o Machiavelli
229 Mimmo Sammartino. Vito ballava con le streghe
230 Daniel Defoe. Vite di pirati

231 Émile Zola. Sidoine e Médéric
232 Principessa Bibesco. Nobiltà dell'abito
233 Constance Fenimore Woolson. Per il Maggiore
234 Jessie L. Weston. Indagine sul Santo Graal
235 Ivan Putilin. Memorie del capo della polizia di San Pietroburgo
236 Franz Kafka. Storie di animali
237 Alda Bruno. La casina, la casa, le cose
238 Enrico Micheli. Il Palazzo del Papa
239 Susan Glaspell. Una giuria di sole donne
240 John Ruskin. Delle tesorerie dei re
241 Giulio Angioni. Le fiamme di Toledo
242 Paolo Terni. Perché cantano?
243 Giuseppe Prezzolini. Modeste proposte scritte per svago di mente, sfogo di sentimenti e tentativo di istruzione pubblica degli italiani
244 Ettore Randazzo. La giustizia nonostante
245 Renata Pucci di Benisichi. La lingua di pezza
246 Nico Perrone. La Loggia della Philantropia
247 Mimmo Sammartino. Un canto clandestino saliva dall'abisso
248 Gerhart Hauptmann. Il mostro marino
249 Giorgio De Simone. Era un giorno di 32 ore
250 David Kamp, Lawrence Levi. Dizionario Snob del Cinema
251 Niccolò Tommaseo. Del bello
252 Karl Kerényi. Virgilio
253 Michel Braudeau. Il sogno amazzonico
254 Vernon Lee. Genius Loci
255 Constance Fenimore Woolson. Il giardino davanti casa
256 Joseph Thomas Arnaud. Viaggio nel regno della regina di Saba
257 Milano è una seconda Parigi. Viaggiatori britannici e americani a Milano
258 Renata Pucci di Benisichi. Guida alla felicità minore
259 Giulio Angioni. Afa
260 Paul Morand. L'arte di morire
261 Nino Russo. Notte al Pronto Soccorso
262 Romano Luperini. L'età estrema